KB152732

Fate strange Fake

페이트/스트레인지 페이크

CONTENTS

Fate strange Fake

페이트/스트레인지 페이크

나리타 료고
일러스트 / 모리이 시즈키
원작 / TYPE—MOON
옮긴이 / 정대식

학산문화사

Fate/strange Fake 2

ⓒRYOHGO NARITA / TYPE-MOON 2015
Edited by ASCII MEDIA WORKS
First published in 2015 by KADOKAWA CORPORATION, Tokyo.
Korean translation rights arranged with KADOKAWA CORPORATION, Tokyo, through KCC.

간장(間章)

『세미나 맨션의 빨간 두건』

그것은 흔하디흔한 괴담.

×　　　×

'후유키'라 불리는 땅이 있다.

도시 중앙에 커다란 강이 흐르고, 그곳을 경계로 고층 빌딩이며 쇼핑몰이 늘어선 도시적인 '신토新都'와 오래된 가옥과 자연이 많이 남아 있는 '미야마초深山町'로 나뉘어 있어, 같은 땅안에 여러 가지 색조를 겸비하고 있는 지방도시다.

하지만 이 땅에는 숨겨진 얼굴이 있다.

이곳은 일본에서 손꼽히는 영지靈地로 일찍이 '아인츠베른', '토오사카', '마키리', 이 세 가문의 마술사들이 어떠한 의식의 기반을 빚어 둔 땅이다.

요컨대 마술사들의 의식—'성배전쟁'의 전장이 되어 온 곳이다.

다섯 번에 걸친 성배전쟁 중에 수많은 생과 사, 기적과 파멸이 반복되어 온 땅.

하지만 제5차 성배전쟁으로부터 수년이 경과한 후유키는 그러한 살벌한 빛과는 거리가 먼, 실로 평화로운 분위기에 둘러싸여 있었다.

뭐, 그것은 표면상의 이야기에 불과할지도 모르지만—.

적어도 클럽활동에 열을 올리는 고등학생들이 휴식시간에

잡담을 즐길 정도로는 평화로웠다.

×　　　　×

호무라바라 학원. 궁도장 앞.

어느 방과 후.

휴식시간을 맞은 궁도부 부원들이 실없는 소문에 관한 이야기로 열을 올리고 있었다.

"…진짜라니까. 예전에 류도지柳洞寺에서 기모노 입은 유령이 나온 적이 있대!"

"그런 얘긴 못 들어 봤는데. 예전이라고 했는데… 그럼 지금은 없고?"

"응, 영감 있는 사람이 가도 지금은 전혀 안 보인대."

"성불한 거야?"

"뭐, 절이니까."

"그러고 보니 그 절 연못에 난폭한 상어가 산다는 소문도 있었지."

그러한, 괴담인지 농담인지 구분이 가지 않는 이야기가 이어지던 가운데 한 소녀가 후유키 시에서 최근 퍼지기 시작한 괴담을 입에 담았다.

"있지, '세미나蟬菜 맨션의 빨간 두건'이라는 이야기 알아?"

"그, 미츠즈리 선배가 말해 준 괴담?"

"응응. 아, 같이 들었던가?"

상급생들의 대화에 하급생들이 고개를 갸웃하며 끼어들었다.

"아, 전 그 얘기 모르는데요."

"미츠즈리 선배? 미츠즈리 선배라면 가끔씩 놀러 오는 그 졸업생?"

그러자 이야기를 꺼낸 상급생이 신이 나서 그 '괴담'을 말하기 시작했다.

"응. 그 사람한테 들은 괴담인데 말이지…. 왜, 신토의 쿠로키자카玄木坂에 세미나 맨션이라고 있잖아?"

상급생은 금세 얼굴에서 미소를 지우더니 자못 진지한 투로 말을 이었다.

그녀는 알고 있기 때문이다.

그 괴담에는 불과 몇 년 전에 일어났던 실제 자살 사건이 얽혀 있다는 사실을.

"이건, 그 맨션에서 퍼진 소문인데 말이야…."

×   ×

그 도시전설은 괴담의 화자를 차치하고 말하자면, 실로 단순한 이야기였다.

쿠로키자카에 있는 세미나 맨션으로 이사를 온 한 쌍의 부부.

그 부부 사이에는 학대를 받고 있는 딸이 있었다.

어린 소녀는 늘 빨간 후드를 뒤집어쓰고 있었다.

소녀가 처한 상황을 알면서도 그녀의 이웃인 'A씨'는 남의 일이라며 못 본 체했다.

학대로 팔도 들지 못하게 된 소녀로부터 엘리베이터 안에서 "버튼 눌러 줘."라는 부탁을 받기만 할 뿐인, 한없이 남에 가까운 관계였다.

하지만 어린 소녀의 눈에는 자신을 위해 버튼을 눌러 주는 그 이웃이 부모보다 의지가 되는 존재로 보였는지도 모른다.

그렇기에—.

소녀의 어머니가 동반자살을 꾀했을 때, 소녀는 피투성이가 된 상태로 도망쳐 나와 이웃에게 도움을 요청했다.

소녀는 몇 번이나, 수없이 이웃집 문을 두들겨 도움을 요청했다.

하지만—또 평소와 같은 학대를 당하는 것이겠거니 생각한 'A씨'는 그것을 무시했다.

남의 일이라며.

자신과는 무관한 일이라며.

아무리 문을 두드려도 무시했다.

그래도 문을 두드리는 소리는 그치지 않았다.

도망쳐 나온 소녀는 'A씨'밖에 의지할 수 있는 상대가 없었기에.

하지만 'A씨'는 그 소녀의 비통한 비명으로부터—소녀의 목숨으로부터 고개를 돌리고 말았다.

TV의 음향을 높이고 자신의 세계에 틀어박혔다.

그래 봐야 남의 일이라며.

이리하여 어린 소녀는 가장 신뢰했던 인물에게 배신당했다.

다음 날, 당사자인 부부의 사체는 발견되었지만 어째서인지 소녀의 행방만 알 수가 없었다.

명백히 죽음은 면치 못할 양의 출혈 흔적만을 남긴 채 홀연히 모습이 사라져 버렸기 때문이다.

학대를 당하는 듯한 소리가 사라진 대신, 'A씨'는 매일 늦은 밤이면 노크소리에 시달리게 되었다.

그리고 어느 날 밤, 참을 수가 없어진 'A씨'가 문을 열어 보니, 그곳에는 빨간 후드를 뒤집어쓴 소녀가 서 있었고—피투성이가 된 얼굴로 이렇게 말했다고 한다.

"있지, 버튼 눌러 줘."

×　　　×

"…라고 하더래!"

소녀가 기억을 되살려 엉성하게 이야기를 마무리 짓자 옆에
있던 부원들이 어이가 없다는 듯 말했다.

"…네가 말하니까 하나도 안 무서운데."

"같은 이야기라도 이야기하는 사람이 다르면 이렇게까지 안
무서워지는구나…."

"그 이전에 무서운 걸로 치면 네 말솜씨가 형편없는 게 제일
무섭다."

이야기를 알고 있는 동급생 남녀들의 야유에 이야기를 한 소
녀는 세차게 손사래를 쳤다.

"아니~. 미츠즈리 선배처럼은 무리래도! 그 사람, 무진장 박
진감 있게 얘기하잖아!"

"맞아, 긴 복도에서의 연출 같은 건 진짜 굉장했지. …그 이
전에 문을 열었을 때 처음에는 빨간 두건이 없었다고! 열고 나
서 돌아보니 긴 복도 안쪽에 서 있었다니깐!"

"그랬나?"

"그래! 그것 말고도 이것저것 다 빼먹었잖아! A씨는 고독한
상황을 좋아했다든지 형사와 대화했던 거라든지…. 아, 진짜

~. 자살은 실제로 있었던 사건인데 그 사건 자체가 거짓말 같아졌잖아."

그 말을 계기로 다른 부원들도 차례로 대화에 참가하기 시작했다.

"함부로 그런 소문 퍼뜨리면 못써요, 선배. 아니, 실제 사건을 괴담으로 만든 시점에서 이미 상당히 거시기하지만요."

"어, 가족 동반자살은 실제로 있었던 일인가요?"

"그러고 보니 그 자살 사건, 그것 말고도 여러모로 이상한 소문이 돌았었지."

괴담을 처음 들은 자들까지 합세해 웅성웅성 떠들기 시작한 참에 어정쩡한 괴담을 억지로 들은 하급생들이 불평을 하기 시작했다.

"하지만 이왕이면 그 졸업생 선배한테 듣고 싶었는데."

"그러게요. 뒷부분만 대충 들은 것 같아서 엄청 찜찜해요."

그러자 이야기를 한 소녀가 깔깔대고 웃으며 답했다.

"암튼~ 적어도 이제 여기서는 그 이야기 하지 마~."

"네?"

"그 사람이 한 괴담은 너무 무섭다고 타이거가 직접 금지시켰거든. 왜, 타이거는 이런 이야기 싫어하잖아?"

"그러고 보니 분명 육상부에서도 그런 이야기는 금지되었다는 소릴 들었는데…. 역시나 무지 겁 많은 선배가 있었다나 뭐라나~."

"타이거는 평소엔 대범하면서 이상한 데서 멘탈이 약하단 말야."

궁도부 고문인 여교사의 별명을 입에 담고 있자니 멀리서 "거기~! 휴식시간 끝났거든~!" 하는 목소리가 들려왔다.

"우와, 호랑이도 제 말하면 온다더니. 후지무라 선생님이네."

"벌써 그런 시간인가아."

"괴담 하다 끝나 버렸네, 휴식시간….."

학생들은 아쉬워하며 클럽활동을 재개하기 위해 일어났다.

준비를 시작하던 중에 휴식시간에 나눴던 대화의 잔재가 두세 마디 끌려나왔다.

"…결국 그 얘기에서 A씨는 마지막에 어떻게 되더라?"

이야기를 했던 소녀가 기억이 잘 나지 않는 것이 부끄러웠는지 동급생에게 슬그머니 물었다.

"실종되지 않았던가?"

동급생은 담백하게 대답한 후, 경솔하다는 생각을 하면서도 가벼운 농담을 하듯 덧붙여 말했다.

"지금도 빨간 두건한테서 도망쳐 다니고 있을지도 모르고."

그것은, 흔하디흔한 괴담.

후유키에 사는 젊은이들이 쑥덕대는, 어디에나 있을 법한 소문.

하지만 그 이야기에는 소문에 포함되지 않은 뒷부분이 있었다.

도시전설의 후일담은 머나먼 이국땅에서 펼쳐지게 되었다.

'세미나 맨션의 빨간 두건'.

그 괴담의 주역이 휘말려 든 것은 어지간한 유언비어보다 훨씬 황당무계한—.

거짓투성이의, '성배전쟁'이었다.

2장

『0일 차. 심야. 영령사건』

모처.

"아~아, 거기야아? 하필이면 '거기'로 가 버렸구나아. 버림수야."

프란체스카는 어둠 속, 수정구슬 안에 비친 광경을 보며 시시하다는 듯 어깨를 늘어뜨렸다.

수정구슬에 떠올라 있는 것은 스노필드의 낡은 오페라하우스를 비춘 영상이었다.

"아이 참~. 거기서 소환될 영령은, **알트 짱**으로 정해져 있는데."

영상 속에는 슬금슬금 오페라하우스로 숨어드는 한 소녀의 모습이 보였다.

"이왕이면 불확정 요소가 강한 시그마 군 쪽으로 갈 것이지이. 그랬으면 상승효과를 일으켜서 훨씬 더 재미있어졌을지도 모르는데."

고스로리 드레스를 걸친 소녀는 그런 기묘한 혼잣말을 중얼거리더니 금세 미소를 되찾고는 말을 이었다.

"뭐, 그건 그것대로 상관없으려나. 재미있는 놀이도 생각났겠다."

그녀는 누군가와 마술통신으로 연락을 취한 뒤, 어둠 속에서 축 늘어져 10분 정도 수정구슬을 바라보다가—.

수정구슬이 유달리 강한 빛을 내뿜은 순간, 영상 안에 이변이 발생했음을 알아채고는 눈빛을 빛내며 입을 열었다.

"어라? 어라라? 누구일까, 저건? 혹시, 어새신?!"

그녀의 말이 채 끝나기 전에 영상에는 또 다른 변화가 일어난 것 같았다.

프란체스카는 흥분해서 수정구슬 속의 '시체'를 보고 낄낄대고 웃기 시작했다.

"아하핫! 굉장해, 굉장해! 느닷없이 사고라니! 어떻게 될까?!"

어린애처럼 눈빛을 빛내며 음탕하게 뺨을 붉힌 채 황홀한 미소를 짓는 프란체스카.

"아아, 아아, 아아! 어떻게 하려나, 어떻게 하려나아, **알트 짱**! 불려 나와 보니 마스터가 죽어 있다니, 꽤나 드라마틱한 상황 아냐?"

그녀는 흉흉한 말을 입에 담으며 웃고, 웃고, 또 웃다가―.

다음에 수정구슬에 비친 존재를 보고는 미소를 지은 채 고개를 갸우뚱 모로 꼬았다.

"…어라라?"

그리고 머리 위에 물음표를 떠올리며 중얼거렸다.

"저 '세이버'는… 누구지?"

×　　　　×

　미국. 스노필드.

　건물 일부가 무너져 내린 오페라하우스 안에서 아야카 사조
는 자신의 운명을 저주했다.
　그것이 설령 자업자득의 말로라 해도 운명이라는 것을 저주
하지 않을 수 없었다.

　현재 그녀를 둘러싼 상황이 이상異常에 이상을 덧댄, 신인지
악마인지 모를 것의 장난질로밖에 보이지 않는 상황이었기 때
문이다.
　그녀의 옆에 널브러져 있는 것은 인간의 시체다.
　외상으로 보이는 것은 없었지만 마치 심장이 으스러지기라
도 한 듯 괴로운 표정을 지은 채 굳어 있어, 생명활동이 이루
어지고 있는 낌새는 눈곱만큼도 느껴지지 않았다.
　아야카의 눈에는 실제로 누군가가 손으로 심장을 으스러뜨
리는 듯 보였지만―그 심장은 이미 없었고 가슴께에도 상처는
커녕 옷이 찢어진 흔적조차 없었다.
　그리고 그 ‘심장을 으스러뜨린 누군가’는 이미 이곳에는 존
재하지 않았다.
　그녀의 눈앞에 나타난 신비한 남자의 활약으로 인해 어딘가

로 달아나고 말았기 때문이다.

얼마간 시간을 거슬러 올라가면.

몇 분 전─아야카는 붙잡힌 신세였다.

시체가 시체로 변하기 전의 존재. 한 마술사의 주구呪具로 온몸이 구속되어 있었던 것이다.

"그게 숨은 거였다니, 꽤나 날 얕잡아 본 모양이군."

마술사는 어이가 없다는 듯 말하더니 아야카의 몸을 빤히 훑어보며 고개를 갸웃했다.

"그 영주 같은 각인… 네놈이 팔데우스가 말한 녀석이냐. 목적이 뭐지?"

"…몰라. 난 그냥, 이상한 하얀 여자가 시켜서 온 것뿐이니까."

퉁명스럽게 말하는 아야카의 눈에는 세상에 대한 체념과 부조리한 상황에 대한 분노의 빛이 서려 있었다.

그것을 본 마술사는 흠, 하고 생각을 하더니 그다지 관심이 없다는 듯 말을 자아냈다.

"과연, 아인츠베른의 '고기 인형'의 버림돌로 쓰인 가엾은 무소속 마술사… 같은 건가. 뭐, 의식을 방해하기라도 하면 곤란하니. 미안하지만 먼저 죽어 줘야겠다."

마술사는 온몸에 퍼져 있는 마술회로에 마력을 불어넣으며 살의조차 없이, 작업이라도 하듯 아야카의 숨통을 끊으려 했지만―.

"…음."

갑자기 움직임을 멈추더니 귀에 걸린 주구 같은 귀걸이에 손가락을 가져다 댔다.

"네. ……. …이 여자를? 어째서?"

주구를 통해 누군가와 통화를 하고 있는 듯했지만 당연히 상대의 목소리는 아야카에게 들리지 않았다.

"…과연, 알겠다. 당신의 놀이에 어울려 주도록 하지."

통화를 마친 마술사는 크게 한숨을 내쉬더니 다시 주구로 구속된 아야카에게로 고개를 돌렸다.

"엉뚱한 놀이 같기는 하지만 확실히 흥미롭긴 하군."

"……."

"뭐, 곧 불러낼 영령이 얼마나 내게 충성할지 확인이나 하도록 하지."

마술사는 입가를 슬쩍 일그러뜨린 채 큭큭, 하고 웃으며 말을 이었다.

"일찍이 원탁의 기사왕이라 칭송받았던 고결한 영웅이 '무저항 상태의 여자를 베어라'라는 지시에 따를지 어떨지로 말이야."

아야카가 이해한 것은, 자신은 곧 불러낼 고결한 영웅인지 뭔지에게 죽을지도 모른다는 사실뿐이었다.

"그 원탁의 어쩌고가 죽이기를 거부하면 난 살 수 있다…는 소리는 아닌 것 같네."

비아냥거리듯, 그리고 심드렁하게 아야카가 말하자 마술사는 딱 잘라 답했다.

"영주를 써 보는 것도 방법이겠지만 유감스럽게도 나는 재미로 영주를 소비할 정도로 향락적이지 않아서 말이지. 그 주구로 목을 졸라 부러뜨릴 뿐이야."

"괜찮겠어? 미리 죽이지 않으면 당신의 의식을 방해할지도 모르는데?"

"목소리가 떨리는군. 허세 부리지 마라."

반쯤 자포자기 상태가 된 아야카가 비아냥거리자 마술사는 담담한 투로 말을 받았다.

"어째서 곧 부를 영령의 진명이나 다름없는 정보를 굳이 입에 담았는지 알겠나?"

"……?"

"내가 지금부터 부를 영령도 '선전포고' 중 하나이기 때문이다. 새어 나간들 문제가 되기는커녕 너의 고용주를 통해 협회와 아인츠베른을 향한 장대한 비아냥거림으로 삼겠다는군. 정말이지 쓸데없는 행위라고는 생각하지만 그에 합당한 보수는 약속받은 상태라 말이지."

마술사의 상식이자 최우선 과제라 할 수 있는 정보의 은폐와는 상반되는 '정보를 선전하라'라는 의뢰를 받았다는 그 마술사는 어깨를 으쓱하며 말을 이었다.

"요컨대 목숨을 건 너의 잠입은 이쪽으로서는 계산된 일이었다 이거다."

"……."

"그 영주 비슷한 것에 소환을 저해하는 힘이 있는지 어떤지도 조사하라고 했지만… 나 원, 프란체스카는 우리까지 장난감 중 하나로 보고 있는 것 같군. 뭐, 가령 네가 모종의 방법으로 저항해서 의식을 망쳐 놓는다 해도 보수는 바뀌지 않아. 꽝 제비를 뽑은 셈 치고 포기하도록 하지."

아야카는 자신의 목에 감긴 주구의 일부가 꿈틀대는 것을 느끼며 조용히 눈을 감았다.

그런 그녀는 개의치 않고, 마술사는 무대 위에 놓인 제단 앞에서 주문을 외기 시작했다.

"소재로 은과 철. 토대는 돌과 계약의 대공———."

아야카에게는 의미가 없는 단어의 나열이었다. 동시에 그것은 사형 개시까지의 카운트다운이기도 했다.

"시조로는 우리의 대사大師 ×××××———."

―아아, 어이없어.

아야카는 남의 일을 대하는 것처럼 마술사의 주문을 들으며 작은 소리로 웅얼거렸다.

―내 도주극은 이런 데서 끝나는 건가.

"내려서는 바람에는 벽을. 사방의 문은 닫고――."

―이건 그냥 운명의 장난일까? 아니면 '그 아이'의 저주?

가능하다면 후자였으면 좋겠다고 생각했다.

―뭐…. 그렇다면 이로써 속이 좀 후련해지려나, '그 아이' 는.

뭐가 되었건 이유라도 있으니 그나마 나을지도 모른다고.

자신이 곧 죽을 것이라는 현실에서 도망치기라도 하듯.

"……?"

그녀는 문득 알아챘다.

마술사의 주문이 주변에 울려 퍼지자 기묘한 힘이 자신의 몸 안에서 흐르기 시작했음을.

자신의 몸 안에 있는 혈관이 쇠로 변해, 몸 밖에 있는 자석에 끌려가는 듯한 느낌이 들었다.

아야카는 금세 그것이 혈관이 아니라 자기 몸의 다섯 군데에 새겨진 문신 근방에서 느껴지는 맥동이라는 사실을 알아챘다.

원망인지, 아니면 환희인지.

문신을 중심으로 자신의 몸 전체가 고함을 치고 있는 듯한 착각이 들었다.

그 목소리는 서서히 커져, 주문을 지워 나가는 것만 같았다.

하지만 마술사는 그 이변을 알아차리지 못한 모양이었다.

구속주구에 끊임없이 마력을 보내며 경계는 하고 있었지만 소환 의식을 중단할 생각은 없어 보였다.

하지만 아야카는 지금 당장 뭔가 장대한 마술이 발동한다 해도 이 마술사가 쓰러진다거나 자동적으로 안전한 장소로 순간이동 하는 등의 낙관적인 전개가 벌어질 것이라고는 생각지 않았다.

―설마, 자폭하는 건 아니겠지?

어찌 되었건 자신은 죽음을 피하지 못하리라.

그 사실과 더불어 아야카의 마음속에 공포심이 퍼졌다.

죽고 싶지 않다는 갈망도.

하지만 그 감정은 어쩐지 남의 것인 양 느껴졌다.

―죽고 싶지 않다고? 어째서?

―살아갈 목적도 없는 내가?

과연 그것이 자신의 뇌가 생각해 낸 의문인지, 아니면 팔에 새겨진 문신이나 '하얀 여자'가 건 저주가 그렇게 말하게 하고 있는 것인지, 아야카는 구분을 할 수가 없었다.

그녀의 문신이 자아내는 소음이 초보적인 판단 능력을 마비

시킬 정도로 커졌기 때문이다.

마치 곧 나타날 누군가를 환희, 혹은 절규로 맞이하려는 듯이.

이리하여 다음 순간—.

오페라하우스 무대 위에 '죽음'이 형상화되어 내려앉았다.

단, 아야카가 아니라 그녀의 처형인이었을 터인 마술사의 등 뒤에.

"억제의 고리로부터 오라, 천칭의 수호자…여…?"

언제부터 거기에 있었을까.

적어도 아야카의 눈에는 '그것'이 갑자기 나타난 것처럼 보였다.

그림자처럼 검은 옷을 두른, 작은 몸집의 인물.

검은 천을 온몸에 두르고 있다는 것은 알 수 있었지만, 얼굴조차 잘 보이지 않았다.

다만 그 천 사이에서 이상하리만치 긴 팔이 뻗어 나와 피해자의 가슴에 닿은 순간만은 똑똑히 기억났다.

그것을 본 순간, 아야카는 명확하게 이해했다.

자신이 놓여 있는 이 상황은 이미 상식의 세계가 아닌—평범한 인생을 사는 자들의 눈에는 비칠 일이 없는, 이 세상의 숨겨진 이면裏面이라는 사실을.

이해한 순간, 그녀의 시야 속에 작은 인물이 나타났다.

빨간 두건을 뒤집어쓴, 어린 소녀.

과연 그것이 환상인지 실상實像인지, 혼란스러워진 그녀의 머리로는 알 수가 없었다.

—얘, 여기서 나온 기야.

—이 건물에, 엘리베이터는… 없, 는데.

오페라하우스의 무대 위. 시체를 짓밟는 듯한 모양새로 나타난 '그것'은 이쪽을 보며 천진한 미소를 짓고 있었다.

그 미소의 의미를 채 이해하기도 전에 오한이 온몸에 퍼졌다.

아야카가 등뼈를 삐걱삐걱 떨기 시작한 것과 검은 옷차림의 난입자가 자신의 긴 손안에 나타난 심장 같은 것을 으스러뜨린 것 중, 과연 어느 쪽이 먼저 일어난 일이었을까.

"커…헉…?"

마술사는 자신의 몸에 무슨 일이 일어난 것인지 모르는 채 입에서 피를 토하기 시작했다.

과연 그는 누가 자신을 죽였는지 인식이나 했을까.

아야카는 검은 옷차림의 인물과 붉은 소녀, 양쪽 모두를 상대로 공포를 느끼며 한편으로는 '아아, 내가 죽인 거라고 오해 사기는 싫은데'라는, 역시나 어쩐지 남의 일을 대하는 듯한 불안감에 사로잡혔다.

그렇게라도 하지 않으면 공포감에 짓눌려 버리리라는 것을 본능이 알아챈 탓일지도 모른다.

마술사가 움직이지 않게 됨과 동시에 아야카의 온몸을 구속하고 있던 밧줄 형태의 주구가 흐슬부슬 무너져 내렸다.

자신의 몸이 해방되었음을 알아채고 아주 잠시 의식을 돌린 그 찰나―.

그녀의 시야에서 '빨간 두건의 소녀'가 사라지더니―.

그 대신 검은 옷차림의 인물이 눈앞까지 다가와 있었다.

"…윽!"

호흡이 멎었다.

"…당신은, 성배를 추구하는 마술사인가?"

기계적인 물음이었다.

상대의 목소리를 들음과 동시에 조금 전에 느꼈던 것과는 비교도 되지 않을 정도의 한기가 무수한 바늘이 되어 아야카의 온몸을 타고 퍼졌다.

목소리로 미루어 젊은 여자라는 것은 알겠다. 어쩌면 자신보다 연하일지도 모른다.

하지만 그 몸에서 뿜어져 나오는 기운은 조금 전에 '너를 죽이겠다'고 말한 마술사와는 비교도 되지 않을 정도로 차갑고 날카로웠으며, 중후했다.

처음 만나는 존재임에도 확신할 수 있을 듯했다.

조금만 대답을 잘못하면 살해당한다.

거짓말을 해도 살해당하리라.

현재, 상대에게는 아직 '살의'가 없었다. 하지만 조금만 선택을 잘못하면 자신은 살의를 느낄 새도 없이 눈앞에 널브러진 마술사의 시체와 같은 모습이 될 것이다.

그런 확신을 얻은 아야카는 검은 옷차림의 여자에게 솔직하게 대답하려 했다.

"나는⋯."

찰나―.

빛이 오페라하우스의 무대를 뒤덮듯 넘쳐 났다.

"──!"

"──?!"

검은 옷차림의 여자는 경계하며 펄쩍 뛰어 물러났지만 구속에서 막 풀려난 아야카는 혼자 힘으로 일어설 수조차 없었다.

눈을 가늘게 뜨고서 광원으로 예상되는 방향을 바라보는 것이 고작이었다.

빛 속에 그림자가 보였다.

사람의 그림자가― **여럿** 있다.

이상한 광경이었다.

불과 몇 초밖에 되지 않는데도 시간이 멈춘 듯 느껴지는 공간 속에서 그 여러 명의 그림자 중 몇몇이 그 자리에 무릎을 꿇더니―.

마지막으로 나타난, 유달리 두드러져 보이는 그림자를 맞이했다.

빛이 옅어지자 여러 명의 그림자는 어느샌가 사라져 있었고, 마지막으로 나타난 두드러져 보이는 인물만이 그 자리에 남아 있었다.

장엄한 차림새를 한, 젊은 금발의 남자였다.

금발에 군데군데 빨간머리가 섞여 있고, 아름다운 얼굴 안에 짐승처럼 황황히 빛나는 두 눈이 자리하고 있었다.

한 걸음 떨어진 위치에서 그 남자를 노려다보는 검은 옷차림의 여성에게서 농밀한 '죽음'이 느껴지듯, 빛 속에서 나타난 남자에게서는 평범한 인간에게 없는 심상치 않은 '열기'가 느껴졌다.

그런 남자가 두리번두리번 주변을 둘러보더니 말했다.

"이거, 이거. 다소 특이한 상황인 것 같군."

발치에 널브러진 마술사의 시체와 경계의 눈빛을 날리고 있는 검은 옷차림의 여성을 번갈아 바라본 뒤―.

남자는 씨익 웃으며 말했다.

"그 차림새와 방금 느낀 '힘'의 흐름… 혹시 '산의 노인'과 연관이 있는 자인가?"

"……?!"

분위기가 순식간에 변했다.

아야카로서는 전혀 영문을 알 수 없는 말이었지만 검은 옷차림의 여자에게는 무언가의 핵심을 건드리는 한마디였던 모양이다.

남자는 씨익 웃으며 검은 옷차림의 여자를 도발하듯 말했다.

"어찌 되었건 나도 너도 성배를 추구하는 이상 피아로 갈려야 하는 관계인 것은 분명한데, 어쩔 거지?"

말이 떨어지기 무섭게 검은 옷차림의 여자가 살의를 증폭시키며 도약했다.

마치 땅의 그림자가 공중으로 뛰어오른 듯했다.

단숨에 무대의 윙wing 부분까지 날아간 그녀는 무대를 둘러싸고 있는 기둥에서 기둥으로 잔상을 남기며 도약을 계속했고, 천막 사이를 오갈 무렵에는 수십 명으로 분신을 한 것이 아닌가 하는 착각이 들 정도로 빠르게 움직였다.

"하핫! 굉장한걸! 록슬리보다 날쌘 녀석은 처음 봤어!"

남자는 어린애처럼 반짝반짝 빛나는 눈으로 누군가의 이름을 언급하며 자신에게 살의를 품은 채 날아다니는 검은 옷차림의 여자를 칭찬했다.

"……."

그런 칭찬을 도발로 받아들였는지 검은 옷차림의 여자가 더욱 도약 속도를 높이자—.

갑자기 그 모습이 완전히 사라져 버렸다.

"사라…졌어…?"

아야카가 위를 올려다보며 멍하니 그런 소리를 중얼거림과 동시에—.

검은 옷차림의 여자는 그 자리에 있던 모든 이들의 사각에서 나타났다.

무대 위가 아닌, 빛 속에서 나타난 남자의 후방. 그 바닥에 드리운 그림자에서 튀어나오는 듯한 모양새로.

허리 부근에서 이상하리만치 긴 팔이 뻗어 나와 남자의 허리 중심, 심장 근처로 날아들었다.

불과 1분 정도 전에 마술사를 처치했던 것과 같은, 명확한 죽음의 팔이다.

하지만 그 팔이 남자의 몸에 닿는 일은 없었다.

어디선가 발사된 화살이 여자의 손을 튕겨 낸 것이다.

"……윽?!"

검은 옷차림을 한 여자의 눈이 조용히 휘둥그레졌다.

그녀에게는 완전히, 사각에서의 일격이었다.

좌우간 그 화살은 남자의 발치—그야말로 무대 바닥에 드리운 그림자 속에서 느닷없이 나타났기 때문이다.

"하핫, 비교당한 게 불만인가 보지? 하지만 여전히 훌륭한 솜씨로군."

귀족 같은 청년은 혼잣말처럼 그렇게 중얼거리더니 미소를 지으며 검을 뽑았다.

호사스러운 만듦새의 검으로, 아야카가 보아도 왕후귀족이 쓸 법한 검이라는 것을 한눈에 알 수 있었다.

그리고 그는 미소를 띤 채, 힘찬 말과 함께― 휘둘렀다.

―「×××승리의 검―엑스칼리버」.

다시금 빛이 오페라하우스 내부를 감쌌다.

마력을 띤 남자의 검에서 뇌격과도 같은 빛이 용솟음쳐, 거리를 벌리려던 검은 옷차림의 여자를 향해 일직선으로 날아갔다.

그리고―.

눈부신 빛에 눈을 감았던 아야카의 귀에 격렬한 충격음이 들리더니, 이어서 무언가가 무너져 내리는 듯한 소리가 들려왔다.

그녀가 주저주저 눈을 떠 보니 그곳에는―.

반쯤 붕괴된 오페라하우스의 모습과 무너진 천장으로 언뜻 보이는 별 하늘이 있었다.

"……."

넋을 놓은 소녀에게 남자가 말했다.

"묻겠다, 그대가 나의 마스터인가?"

흘러가는 상황을 따라가지 못하고 있던 아야카의 뇌가 그 말을 듣고서야 정상적인 상태로 복귀하기 시작했다.

그녀는 새삼 현재 상황에 대해 생각해 보았다.

아무래도 마술사가 집행하려 했던 '의식'은 무사히 완수된 모양이다.

하지만 사전에 들었던 이야기와는 사뭇 달랐다.

자신을 이 장소로 억지로 데려온 '하얀 여자'의 말에 의하면 이 자리에서 치러질 의식으로 나타날 존재는 과거의 영웅이나 무언가의 영혼 같은 것이라고 했다. 하얀 여자는 그것을 '영령'이라 설명했고 나타날 존재는 하나뿐이라고 들었다.

그렇다면 조금 전, 빛 속에 여러 명의 인물이 보였던 것은 무엇이었을까.

남자가 위기에 처했을 때 화살을 날린 것은 그 자신이란 말인가?

아야카의 머릿속에는 그 밖에도 쉴 새 없이 의문이 떠올랐지만 이내 아무래도 좋다는 생각이 들었다.

냉정해질수록 자신이 놓여 있는 입장이 이해가 되어, 구역질이 났다.

눈앞에 널브러진 마술사의 시체.

그는 죽은 것이다. 자신의 눈앞에서. 정말이지 덧없이.

그리고 남자는 마술사의 시체를 확인하기는 했으나 슬쩍 고개를 갸웃하기만 할 뿐, 딱히 충격을 받은 듯한 낌새도 보이지 않고 말을 붙여 왔다.

"안심해라, 사람들이 휘말려 든 기척은 없다. 그 대신 적도 도망친 듯하지만… 흠, 내게서 완전히 도망치다니, 훌륭한 녀석이로군. 하지만 이제 와서 다시 돌아오지는 않을 거다."

사람의 죽음이, 당연한 걸까?

아야카에게는 받아들이기 힘든 상황이었다.

—아아, 아아, 그렇구나.

—그 '하얀 여자'는… 내게 이런 짓을 시키려 했던 거구나.

—'성배전쟁에 참가해라' 이거지?

—그래, 전쟁이라면 사람이 죽는 게 당연하지.

어쩌다 이렇게 된 걸까? 그녀는 생각했다.

어쩌다 일이 이렇게 되어 버린 걸까.

어쩌다 자신은 이런 인생을 살게 되어 버린 걸까.

"그러한 사실을 전제로 다시 한 번 묻겠다."

남자가 과거를 후회하는 아야카에게 물음을 던졌다.

아무래도 자신이 어쩌다 이곳에 오게 되었는지를 느긋하게 되짚어 볼 시간은 주지 않을 모양이었다.

"……."

모든 것이 혼란으로 뒤덮인 이 상황에서―.

결심한 것이 딱 하나 있었다.

더 이상 누군가의 죽음을 받아들일 수는 없다.

그런 짓을 내게 강요하는 것이 운명이라면.

거스르면 자신이 죽음을 맞이하게 된다면.

하다못해 저항하다 죽어 주겠다고.

어차피 자신은 살 가치 따윈 없는 인간이니.

"네가, 내 마스터가 맞다고 봐도 될까? 나는 **보다시피 세이버의 클래스야**. 납득했다면 조속히 계약을 마치고―."

남자의 말을 가로막는 모양새로 아야카는 즉답했다.

"아냐."

각오를 굳혔다기보다는 반쯤 자포자기에 가까운 모양새로 목구멍에서 목소리를 쥐어 짜냈다.

"결단코 아냐."

"뭐라고?"

자신의 몸에 새겨진 문신이 남자의 목소리에 반응해 희미하게 반짝여, 눈앞에 있는 남자와 공명하고 있다는 것이 느껴졌다. 아마도 여기서 '내가 마스터다'라고 하면 '하얀 여자'의 말대로 영령을 찬탈하는 것도 가능할 것이다.

하지만 그녀는 그런 '하얀 여자'의 의도를 무시하고 남자를 노려봤다.

"나는 더 이상… **너희의** 뜻대로 움직이지 않을 거야."

그녀는 공포로 떨리는 몸을 억지로 억누르며 그야말로 자신의 목숨을 버릴 각오로 그 말을 내뱉었다.

"나한테… 간섭하지 말아 줘."

아야카는 그렇게 말한 순간, 남자의 검이 자신을 베어 죽일 것이라 생각했다.

조금 전에 봤던 검은 옷차림의 여자와는 다르지만 눈앞에 있는 남자에게서도 평범한 인간과는 전혀 다른, 엄청나게 강력한 존재의 힘이 느껴졌다.

남자에게 있어 평범한 인간은, 분명 벌레만도 못한 존재일 것이다. 아야카는 그렇게 생각했다.

하지만―그 추리와는 달리 남자는 난감하게 됐다는 듯 고개를 갸웃하더니 검을 칼집에 넣으며 입을 열었다.

"과연, 마스터가 아니란 말이지. 그럼 별수 없지."

그러고는 한숨을 내쉬며 절반 가까이 무너져 내린 천장을 올려다보았다.

"이곳은 가극장인가? 난감하게 되었군…."

그는 어째서인지 충격을 받은 듯 눈을 가늘게 뜨더니 생각에 잠기듯 팔짱을 꼈다.

"현대의 극장은 이렇게나 약하단 말인가…. '영령의 좌座'가 부여한 지식만으로는 도통 알 수가 없군…."

그렇게 투덜투덜 혼잣말을 하며 무대 윙 쪽으로 사라져 갔다.

그 뒤에 남겨진 아야카는 입을 쩍 벌리고 있다가 몇 초가 지나서야 퍼뜩 정신이 들었다.

"산 거야…?"

하지만 그렇게 생각한 것도 잠시뿐이었다―.

"꼼짝 마라!"

극장 입구 중 하나에서 남자의 고함소리가 울려 퍼졌다.

조금 전까지 있던 남자와는 다른 이의 것이었지만 이쪽은 금방 정체를 알아챌 수가 있었다.

입구에서 나타난 그 남자들은 같은 차림새―요컨대 경찰 제복을 몸에 걸친 채 아야카에게 폭도 진압용 테이저 건을 겨누고 있었다. 주변에 사람이 없음에도 권총 쪽을 뽑지 않은 것은 얼핏 보아도 아야카가 비무장상태인 듯했기 때문일까.

"두 손을 머리 뒤에 얹고 바닥에 엎드려라! 천천히!"

"…에엑~."

께느른한 목소리를 흘리면서도 아야카는 천천히 시키는 대로 했다.

아무리 봐도 난 피해자잖아. 그녀는 그렇게 생각했지만 폭탄 테러로 추측되는 현장에 있는 불법침입자라는 점을 감안하자면… 뭐, 당연한 대응일지도 모른다.

심지어 옆에는 마술사의 시체가 있고 그가 의식에 사용한 수상쩍은 제단 등도 남아 있었다.

　이거 꽤나 일이 성가셔질 것 같다는 생각을 하면서도 그녀는 문득 남들은 이해 못 할 생각을 하고 있었다.

　─경찰서면… 엘리베이터가 있겠지.

　─아아…. 우울해.

　─아니, 그 전에 그 '하얀 여자'의 저주로 죽으려나.

　그런 생각을 하는 동안 경관들은 아야카를 포위하고서 옆에 있던 마술사가 죽었다는 것을 확인했다.

　"이봐! 네가 한 거냐."

　"아니, 아니. 난 피해자라고."

　한 경관이 유창한 영어로 그렇게 대답한 아야카의 팔을 억누르며 말했다.

　"그럼 여기서 무슨 일이 있었지? 왜 개장 공사 중인 오페라 하우스 안에 들어온 거냐."

　"아~…. 아니, 그건."

　마술사에게 납치당했다고 거짓말을 해 볼까도 싶었지만 주변에 있는 감시카메라라도 조사하는 날에는 금방 거짓말이라는 것이 들통 나, 더더욱 일이 성가셔지리라.

　하지만 사정을 있는 그대로 이야기할 수도 없는 노릇이다.

　머뭇거리는 아야카의 모습을 보고 역시 수상하다고 판단했는지 경관 중 한 명이 수갑을 끄집어냈다.

　"불법침입 및 건조물 파괴 테러 용의로 체포한다. 잘 들어라, 네게는 묵비권을….”

—아, 정말로 이렇게 말하는구나.

아야카는 미국드라마 등에서나 보던 미란다 원칙을 들으며 그런 감상을 품었다. 앞으로 어떻게 될지는 알 수 없지만, 죽게 된다 해도 마술사 살해와 오페라하우스 파괴 누명을 쓴 채 죽는 건 납득이 가지 않았다.

그렇게 생각한 그녀가 엎드린 채 눈을 떠 보니— 그곳에, 또 ‘그녀’가 나타나 있었다.

빨간 두건을 쓴 어린 소녀.

경관들에게는 보이지 않는지 그들은 소녀 주변을 아무렇지 않게 지나쳤다.

빨간 후드를 푹 뒤집어써, 코 위쪽은 보이지 않았다.

하지만 소녀는 고개를 이쪽으로 돌려 옅은 미소를 지은 채 무슨 말을 하려는 듯 입을 벌렸다.

듣고 싶지 않아. 더 이상 보고 싶지 않아.

그렇게 생각하면서도 시선을 뗄 수가 없었다.

아야카는 그 이유를 안다.

이것은 몇 년이나 전부터 자신의 몸을 얽매고 있는, 자업자득의 저주라는 것을.

빨간 후드를 쓴 소녀가 그녀에게 무슨 말을 하려던 그 순간—.

“이봐, 잠깐.”

늠름한 목소리가 오페라하우스 안에 울려 퍼지더니, 그와 동시에 빨간 후드를 쓴 소녀의 모습이 사라졌다.

아야카와 경관들이 목소리가 들려온 방향을 바라보니 붕괴를 면한 3층 좌석 부분, 고립된 VIP석에 호사스러운 귀족 복장의 남자가 서 있었다.

―어라? 아까 그….

―왜 아직도 있는 거지?

아야카가 의문스럽게 생각하던 참에 남자는 아야카와 경관들을 향해 일방적으로 선언했다.

"내가 증언하지. 그 녀석을 죽인 건 그 안경을 쓴 여자가 아니다."

"누구냐! 꼼짝 마라!"

거리 때문일까. 경관 중 몇 사람이 테이저 건이 아닌 권총을 겨누며 외쳤다.

하지만 남자는 딱히 개의치 않고 당당히 말을 이었다.

"덤으로 말하자면 이 가극장을 파괴한 것도 그 여자가 아니다."

"뭐라고?"

"내가 했다, 이 검으로 말이지."

남자가 허리에 찬 칼집을 툭, 하고 두드리며 말하자 경관들이 눈살을 찌푸렸다.

그들 사이에서 눈짓이 오간 직후, 몇 사람이 남자가 있는

VIP석을 향해 달려 나갔다.

검으로 했다는 이야기는 안 믿는 듯했지만 범인을 자청하는 남자를 경계하기는 하는 모양이었다.

"조심해, 아직 폭탄이 설치되어 있을지도 몰라."

경관이 그렇게 속삭이는 것을 들었는지, 남자는 난감하다는 투로 입을 열었다.

"폭탄과 같은 취급을 받자니 영 떨떠름한데 말이지. …응?"

말하던 도중에 반파되어 있던 천장 중 일부가 다시 붕괴되기 시작했다.

"위험…."

아야카가 저도 모르게 중얼거리고, 경관들도 그것을 알아채고 달아나려 했지만 몇 사람은 이미 늦은 상황이었다.

그때 VIP석에 있는 남자가 허리에 찬 검에 손을 걸치고는 일본 검술에서 말하는 발도술에 가까운 모양새로 발도했다.

조금 전과는 비교도 되지 않는 위력이었지만 이번에도 빛줄기가 도신에서 뻗어 나가 낙하 중인 돌덩이를 산산이 파괴했다.

무슨 일이 일어났는지도 모른 채 아슬아슬하게 변을 당하지 않은 경관들은 물론이고, 안전한 곳에서 아무것도 못 하고 있던 경관들까지 누구 할 것 없이 그 자리에 못 박혔다.

심상치 않은 기술을 선보인 남자는 당당한 태도로 눈이 휘둥그레진 경관들에게 말했다.

아주 잠시 아야카에게 시선을 던지더니 가벼운 미소를 지으며.

"이러면 내가 범인이라는 증거가 될까?"

×　　　×

같은 시각. 스노필드 서부. 대삼림.

"…특이한 기척이 느껴지네."

랜서의 영령―엘키두는 도시가 있는 방향에서 흘러오는 마력의 흐트러짐을 감지하고는 의아하다는 듯 중얼거렸다.

"강한 영혼 근처에 일곱의 영혼이 종속되어 있어. 그 옆에도 역시나 기묘한 영혼이 있는 게 느껴져. 뭘까?"

다소 긴장한 엘키두의 심정을 헤아렸는지 은랑銀狼은 끄응, 하고 불안한 투로 울었다.

엘키두는 그런 마스터의 등을 쓰다듬으며 다정한 목소리로 말했다.

"괜찮아. 나는 오늘 밤에는 안 움직일 테니까."

"마지막에 길을 온 힘을 다해 맞이하기 위해 나도 나름의 준비를 해 둬야만 하니까."

오페라하우스 앞.

"여기는 건물 일부가 붕괴된 시가 중심부의 오페라하우스 앞입니다. 50년 이상의 전통을 자랑하는 이 오페라하우스에 대체 무슨 일이 일어난 걸까요!"

스노필드 지방 케이블 TV 방송국의 리포터가 반파된 오페라하우스 앞에서 실황중계를 하고 있었다.

몇몇 사람들에게 인터뷰를 하던 리포터는, 이번에는 근처에 있던 청년에게 말을 걸었다.

"잠시 실례합니다. 현장에서 무슨 일이 있었는지 아시나요?"

"에? 이거, TV에 나오나요?! 우와~. 교수님이랑 라이네스, 보고 있어요~?!"

리포터가 말을 건 것은 스팀펑크풍의 손목시계를 찬 젊은 청년이었다.

"이곳 시민이신가요?"

"아, 아뇨! 여기엔 우연히 관광을 하러 왔는데…. 그게, 저도 무슨 일이 일어났는지는 모르겠지만, 자다가 갑자기 가슴이 술렁대서 오페라하우스 쪽을 봤더니, 쿠웅~ 하는 소리가 나더니, 그대로 벽이 무너지기 시작했어요!"

"가슴이 술렁댔다고요?"

"아아, 그게…. 그냥 이상한 예감이 들었거든요! 네!"

리포터는 무언가를 숨기려는 듯한 낌새를 보이는 청년을 의아하다는 눈빛으로 쳐다보다가―.

오페라하우스 쪽에서 뭔가 움직임이 일어났다는 것을 알아채고서, 청년에게는 그 이상 따져 묻지 않고 작은 목소리로 고맙다는 말만 하고서 달려 나갔다.

"방금 내부에 들어갔던 경관들이 나왔습니다! 경관들이 누군가의 신병을 구속하고 있습니다! 오페라하우스에서 발생한 폭발은 사고가 아니라 사건이라는 것일까요?!"

중계 카메라가 현장에서 나온 존재를 비추어, 그 영상이 생중계로 스노필드 전체에 방영되었다.

요컨대 수갑을 찬 채 경관에게 끌려 나온, 시대착오적인 복장을 한 청년이.

×　　　　×

같은 시각. 스노필드 북서쪽. 콜즈맨 특수 교정 센터.

"이것 참, 일이 성가셔졌군요. 설마 가장 중요한 '세이버'의 소환 장소에서 사고가 터지다니…. 프란체스카 씨의 관할구역일 텐데, 또 그녀의 안 좋은 버릇이 도진 걸까요."

팔데우스는 한숨을 내쉬면서도 이 정도의 사고는 예상한 바라는 듯이 각지에 연락을 취하기 시작했다.

"접니다. 오페라하우스 건은 내장공사에 사용했던 도료에 불이 붙어 일어난 화재 사고라고⋯."

거기까지 말하던 참에 그는 저도 모르게 말을 멈췄다.

"⋯실례, 나중에 다시 연락하겠습니다."

통화를 끊고 무수하게 늘어선 모니터 중 하나. 시내 케이블 TV의 생중계가 비친 화면을 바라보았다.

그리고 거기 비친 존재를 본 그는 먼저 자신이 적대 마술사에 의한 환각이라도 보고 있는 것이 아닌지를 의심했다.

아마도 성배전쟁에 대해 자세히 아는 마술사라면 누구 할 것 없이 같은 의심을 품으리라.

그도 그럴 것이 지역 한정 케이블 TV라고는 하나—.

TV 생중계 화면에 진짜 '영령'이 비추고 있었기 때문이다.

×   ×

오페라하우스 앞.

청년의 시대착오적인 복장을 본 구경꾼들은 술렁대는 분위기 속에서 서로의 얼굴을 마주 보았다.

아무리 봐도 오페라하우스에서 개연되는 공연 준비를 하던 배우 같은 차림새를 하고 있었기 때문이다.

연습 중에 가스나 뭐 그런 거라도 폭발한 거 아닐까?

오늘 아침에 보도되었던 사막의 파이프라인 사고가 떠올랐는지 구경꾼들 중에는 아직 '사고 아냐?'라고 생각하는 자들도 많았다.

리포터도 역시 사건이 아니라 개장 중에 발생한 사고인 걸까, 하는 생각이 들기 시작했다.

그런데―.

경관에게 연행되던 남자가 수갑을 찬 채 불현듯이 도약하여 ―고작 몇 걸음 만에 그곳에서 가장 높은 차량인 소방차 위로 뛰어 올라가는 것이 아닌가.

구경꾼들은 손을 전혀 사용하지 않고 다릿심만으로 뛰어 올라갔다는 사실에 놀랐고 경관들은 당황하며 테이저 건을 남자에게 겨눴다.

그런 소란과 소음 속에서―.

"들어라, 민중이여!"

남자의 목소리는 이상하리만치 멀리까지 울려 퍼졌다.

"시와 이야기를 읊는 불가침의 장인 가극장을 파괴한 일에 관해서는 부끄러움을 금할 수가 없다. 모든 것은 나의 불찰이다. 변명은 않겠다."

마치 뇌에 직접 울려 퍼진 듯, 그 말의 의미가 들은 자들의 마음에 매끄럽게 스며들었다.

마치 마술의 서약처럼.

"하지만 변명 대신 약속하마! 우리 기사도의 위대한 시조, 아서 팬드래건과 나의 고향에 울려 퍼지는 기사들의 개가凱歌에 맹세하마! 이 가극장을 파괴한 것은 내 명예를 걸고 반드시 보상하겠노라고!"

시민들은 입을 다문 채 그 이야기를 듣고 있었다.

30초도 채 되지 않는, 연설이라고도 할 수 없는 연설. 내용만 두고 보면 '무슨 말도 안 되는 소리야' 하고 일소에 붙일 법도 했지만 남자의 입을 통해 흘러나온 그 말은 신비한 진실미를 띠고 있어, 사람들의 고막과 마음을 흔들었다.

정말로 오페라하우스에 대한 피해보상이든 뭐든 해낼 수 있지 않을까?

대체 이 남자의 정체는 뭘까?

"경청해 줘서 고맙다! 자네들의 인생이 가절佳絶한 노랫소리로 가득하기를 기도하지!"

의문에 의한 침묵이 장중을 지배한 가운데, 하고 싶은 말을 다 해 만족했는지 남자는 소방차에서 내려왔다.

그리고 그대로 순찰차에 실려 연행되었다.

모든 이들이 남자가 발하던 분위기에 압도되어 찍소리도 못하고 있었다.

조금 전 인터뷰를 받았던 젊은 청년만 제외하고.

청년은 박수를 치며 빛나는 눈을 한 채 손목에 찬 시계에게 속삭였다.

"우와, 끝내준다! 멋있어! 저거, 아마 어딘가의 임금님이겠죠?! 카리스마 장난 아니던데! 그래, 있잖아요, 잭 씨! 당신의 정체도 어딘가의 임금님이라는 걸로 하죠!"

그 말에 손목시계로 변한 버서커, 살인마 잭은 염화로 땅이 꺼져라 한숨을 내쉬며 답했다.

「뭐, 분명 내 정체는 귀족이나 왕족이었을 거라는 설도 많기는 하네만…. 적대해야 할 영령을 처음으로 직접 본 감상이 그 모양인 건 좀 그렇지 않나? 방금 아서왕이 어쩌니 저쩌니 하며 여러모로 진명의 단서를 남기고 간 듯한 기분이 드네만?」

"에이, 정체는 나중에 아는 편이 가슴 설레고 재미있잖아요! 참, 적대하지 말고 차라리 친구가 되어 버리죠. 멋있잖아요."

「자네가 성배전쟁의 의미를 제대로 알고 있기는 한 건지 진심으로 불안해졌네.」

한 쌍의 영령과 마스터가 그런 대화를 자아내는 가운데, 나중에 몰래 나온 안경 쓴 여성이 수갑을 차지 않은 채 순찰차로 연행되었다.

구경꾼들은 그 직전에 나타난 남자에 대한 생각으로 머리가 가득 차 있어서, 그녀의 존재조차 알아채지 못한 자가 대부분이었다.

하지만 그 젊은 마스터, 플랫 에스카르도스만은 기묘한 반응을 보였다.

"어라?"

「왜 그러는가?」

"아니, 방금 그 사람… 기분 탓이려나?"

플랫은 고개를 갸웃한 채 순찰차를 배웅하고는 그대로 다시 영령과의 대화를 즐기기 시작했다.

뭐, 대화라 한들 플랫은 실제로 목소리를 내고 있었던 탓에 주변에 있는 구경꾼들 눈에는 '신 나게 혼잣말이나 해대는 위험한 녀석'으로 보이고 있었지만.

이리하여 불과 몇 분 동안 일어난 일이었지만 '의문의 남자의 연설'은 매우 흥미로운 사건으로 스노필드 시민들의 마음 깊숙한 곳에 새겨졌다.

현장에 있던 구경꾼뿐 아니라 시내 케이블 TV를 통해 남자의 목소리를 들은 자들에게도.

그리고 사역마와 감시카메라 너머로 들여다보고 있던 마술사들의 마음속에도.

× ×

같은 시각. 스노필드 북서쪽. 콜즈맨 특수 교정 센터.

"이것 참, 뜻밖의 일도 정도껏이어야죠."

'거짓된 성배전쟁'의 중심인물 중 한 명인 남자─팔데우스는 성가신 상황 앞에서 탄식을 자아내며 고개를 가로저었다.

"은폐를 할 생각은 눈곱만큼도 없어 보이는군요. 소환될 때 성배를 통해 마술의 은폐에 관한 지식도 함께 얻었을 텐데…."

팔데우스는 케이블 TV의 중계 영상과 사역마가 보내온 영상을 동시에 보며 머리를 감싸 쥐었다.

"협회와 교회를 적으로 돌리게 되리라는 건 상정했던 일이고 마술사들에게는 그렇게 알려 뒀습니다만… 설마 TV에 나와 일반 시민들을 상대로 배상 선언을 하는 영령이 있을 줄 누가 알았겠습니까?"

옆에 있던 부하인 알드라에게 푸념을 하듯 말하며 팔데우스는 설레설레 고개를 가로저었다.

사역마를 통해 감지한 기적만 보아도 저 남자가 영령이라는 사실은 분명했다.

"영체화를 하면 수갑을 차기는커녕 경관에게 보일 일도 없었을 텐데, 대체 무슨 생각을 하고 있는 건지…."

이어서 팔데우스는 남자 뒤에서 슬그머니 나타난 안경 쓴 여자에게 주목했다.

"…문신을 한 여자…."

반나절 전에 도시에 들어온, 영주와 비슷한 문신을 몸에 새긴 여자다.

"프란체스카 씨에게는 보고했을 텐데 말이죠. 저 여자가 오페라하우스로 향하고 있다고."

무엇 때문에 감시 레벨을 올렸다고 생각하는 건지. 팔데우스는 한탄을 하며 머릿속으로 몇몇 의문점을 떠올렸다.

—경관에게 붙잡히게 하는 게 이 여자의 작전이라면?

—세이버 담당자였던 마술사는 어떻게 된 거지? 당한 건가? 저 여자에게?

—경찰과 우리와 한패라는 걸 알아채고 영령을 잠입시키려는 것일 가능성도 있지 않나?

—아니, 그렇다 해도 다른 방법도 많았을 텐데.

의문은 끝이 없었지만, 지금은 생각해 봐야 소용이 없다고 판단한 팔데우스는 넌더리가 난다는 듯 천장을 올려다보며 중얼거렸다.

"…이것도 전부 당신이 계획한 바인가요, 프란체스카 씨."

×   ×

모처.

"아아, 진짜! 뜬금없어, 뜬금없어! 완전히 예상 밖의 일이야! 하지만, 이런 일이 있어서 인생을 관둘 수가 없단 말이지! 재미있어! 아하하하하하!"

어두운 방 안에서 프란체스카는 홀로 포복절도하고 있었다.

"키햐, 키햐하하핫! 키햐하! 아아, 아아, 진짜 어쩜 좋아, 최~~고야! 어쩜, 어쩜. 간이랑 쓸개랑 비장脾臟이 뒤틀릴 것 같아!"

똑바로 드러누운 채 바동바동 다리를 흔들며 진심 어린 미소를 짓고 있었다.

동시에 프란체스카는 흥분으로 뺨을 붉게 물들이며 외쳤다.

"아아! 아아! 지금까지 몇 번인가 성배전쟁을 봐 오긴 했지만, '경관에게 체포된 서번트'는 처음 봤어! 진짜, 왜 **그 촉매**를 썼는데 알트 짱이 오지 않은 걸까 하는 건 이제 아무래도 좋아졌어!"

그녀는 그러고 나서도 3분 정도를 더 웃어 댄 뒤, 눈물을 훔치며 일어나 수정구슬로 눈길을 돌렸다.

수정구슬에 비친 것은 그 '세이버'의 영령이 순찰차에서 내려 경찰서 안으로 연행되는 광경이었다.

"아아. 그래, 그렇지~."

프란체스카는 응응, 하고 고개를 끄덕이며 몹시 즐거운 듯 혼잣말을 이어 갔다.

"적어도 영령 중 한 명이 경찰서에 있다는 게 알려졌으니, 이제 다른 마스터들이 경찰서를 노리겠지?! 어머, 어쩜 좋아!"

"난 여기서 과자나 먹으며 응원해 줄 테니 잘 해 봐! 신참 군!"

×   ×

같은 시각. 경찰서.

"저건 아서왕…인가?"

경찰서장―올란도 리브는 서장실 블라인드를 손가락으로 벌리고서 주차장을 들여다보고 있었다.

주차장에서 '연행당하고 있다'고 하기에는 너무도 당당히 걷고 있는, 그 '세이버'인 듯한 영령을 본 서장은 평소처럼 뚱한 표정으로 한숨을 내쉬었다.

"클랜 칼라틴의 멤버를 보내기엔 시간이 없었나."

"현장은 시의 중심부입니다. 처리를 하기 전에 경관들이 순찰차를 몰고 급행한 모양입니다."

여성 비서가 담담한 투로 보고한 뒤, 향후 전개에 관해 서장에게 물었다.

"어떻게 할까요? 서내에서 처리할까요?"

"클랜 칼라틴 멤버는 서에 모아 둬. …하지만 우선은 함께 연행해 왔다는 여자가 마스터인지 어떤지부터 조사하도록. 상황에 따라서는 협력관계를 맺을 수 있을지도 모른다."

"협력, 말씀이십니까?"

"프란체스카가 사전에 말했던 정보대로라면, 저건 아서왕일 테지만…. 녀석은 TV에서 '아서 팬드래건에게 맹세한다'고 했었지?"

"네, 현장에 있던 경관들도 그렇게 보고했습니다."

"그렇다면 자기 자신에게 맹세하는 건 아귀가 맞지 않지. 아서왕과 연관된 영웅… 원탁의 기사 중 한 명일 가능성도 있지만… 어떤 태생의 영령이 되었건 이쪽이 '세이버'를 피해 없이 쓰러뜨릴 수 있을 리가 없지. 마스터를 처리하고 나서 사라질 때까지 한 번이라도 보구를 쓰는 날에는 일이 성가시게 돼."

서장은 책상 위에서 손깍지를 끼어 입가를 가린 채 계속해서 부하에게 말했다.

"애초에 그 여자가 '세이버'의 마스터 권한을 빼앗을 수 있을 정도의 마술사라면 당연히 모종의 책략이 있어 일을 이렇게 만든 것일 테지."

"글쎄요. 마술적인 소양이 있는 일반인일 가능성도 있습니다."

"아인츠베른의 꼭두각시인가."

아인츠베른의 호문쿨루스가 도시에 들어왔다는 보고는 저녁 무렵에 이미 받았다.

팔데우스와 프란체스카도 이미 파악하고 있을 테지만 그 점에 관해서는 아직 정보교환이 이루어지지 않았다.

아인츠베른이 직접 움직인 것이 아니라 해도 외부의 다른 마술사를 고용했을 가능성은 있으리라. 배신이 염려되어 모종의 방법으로 마술회로가 있기만 한 일반인을 자신들의 뜻대로 조종하고 있을 가능성도 있다.

"아인츠베른뿐 아니라 프란체스카가 뒤에 있을 가능성도 염두에 둬라. 녀석은 자신이 즐기기 위해서라면 5초 만에 이쪽을 배신할 여자다. 팔데우스도 우리와 협력관계에 있기는 하지만 그쪽 상층부의 의향에 따라서는 간단히 이쪽을 배신할 테고."

서장은 슬그머니 눈을 내리깔고서 사막에서 일어난 영령 간의 격돌과 그 결과 생겨난 거대한 크레이터를 떠올리며 말을 이었다.

"어찌 되었건 길가메시뿐 아니라 그것과 호각으로 맞선 영령이 있는 이상, 보험은 많이 들어 두는 게 좋겠지."

그리고 경찰서장과 마스터 양쪽 입장에서 향후의 전개를 내다본 그는 비서에게 담담한 투로 지시를 내렸다.

"여자와 영령 양쪽 모두에게서 감시의 눈을 떼지 마라. 우선은 사정을 모르는 형사를 추려서 묘한 차림새를 한 테러 용의자로서 다루도록."

끝으로 그는 그에게 있어 가장 중요한 지시를 덧붙였다.

"…캐스터에 대한 감시를 게을리하지 마라. 그 녀석이 이 사실을 알게 되면 '그 영령은 내가 취조하겠다'는 소리를 해댈지도 모르니."

"캐스터 님이라면 조금 전에 또 '카지노에서 놀게 해 줘'라는 요구를 하셨습니다만."

비서의 담담한 보고에 서장 역시 무표정하게 즉답했다.

"기각한다. 식사의 질만 요구대로 해 주도록."

그리고 비서가 떠남과 동시에 손가락으로 관자놀이를 짚으며 지긋지긋하다는 듯 중얼거렸다.

"나 원…. 투쟁 중에 카지노에 가는 영령이 어디 있느냐 말이다."

×   ×

스노필드 시내. 카지노 호텔 '크리스털 힐'.

스노필드 시내에서도 최고의 높이를 자랑하는 건물, '크리스털 힐'.

일류 호텔인 동시에 시내 최대의 카지노 시설을 보유하여, 시설의 규모와 호사스러움으로는 라스베이거스의 일류 카지노에도 결코 뒤지지 않을 것이라는 평을 받고 있다.

하지만 정말로 카지노를 즐기려는 자는 스노필드 남쪽 사막 너머에 있는 라스베이거스로 가는 것이 보통인지라 해외에서 오는 손님이 많지는 않았다.

그래도 '크리스털 힐'은 스노필드라는 신흥도시에 모여든 부호들에게서는 그럭저럭 사랑을 받고 있으며, 도시 최대의 오락시설로서 당당히 도시의 중앙에 자리하고 있다.

그런 카지노 한구석에서 하나의 대승부가 벌어지려 하고 있었다.

뭐, 돈을 건 쪽으로 말하자면 그것은 한낱 여흥에 불과했지만.

"빨강에 전부 걸지."

대수롭지 않은 투로 말하자 산더미처럼 쌓여 있던 칩이 룰렛판 위에서 이동했다.

주변에 있던 비싸 보이는 옷을 두른 자들은 조용히 웅성거림과 동시에 대승부에 임하는 자를 주목했다.

시선 중심에 있는 남자―아처의 영령인 길가메시는 가시화한 채 썩 즐겁지 않은 표정으로 룰렛에 비치된 의자에 앉아 있었다.

우아하게 앉아 있기는 했으나 눈빛은 딜러의 실력을 품평이라도 하듯 날카로웠다. 그 모습에서는 일류 갬블러라기보다는 오히려 이 카지노의 오너 같은 분위기가 느껴졌다.

평소와는 달리 머리를 내리고 금빛 갑옷이 아닌 요란한 무늬가 들어간 양복을 걸치고 있었다.

카지노에 오자마자 연신 큰돈을 따낸 길가메시는 자연스럽게 사람들의 이목을 끌었고, 현재는 어지간한 부호라도 망설일 법한 액수를 걸기에 이르렀다.

이윽고 룰렛의 구슬이 빨간 숫자에 떨어짐과 동시에 환호성과 박수소리가 터져 나왔다.

길가메시는 슬쩍 입꼬리를 올리긴 했지만, 그것은 크게 딴 것에 대한 것이 아니라 순전히 자신을 향한 칭찬에 기분이 좋아진 탓인 듯했다.

그는 획득한 최고액의 칩 몇 장을 아무렇지 않게 움켜쥐더니 통상의 50배 정도 되는 액수의 팁을 두고 자리를 떴다.

그러고는 카지노 걸에게서 칵테일 잔을 받아 인기척이 뜸한 곳에서 입에 머금었다.

"…별로 좋은 술은 아니군."

그가 혼잣말을 중얼거리자 그의 머릿속에 미안함이 묻어나는 소녀의 목소리가 들려왔다.

「죄송합니다.」

「네가 사과할 이유는 없다.」

길가메시가 술을 입에 머금은 채 염화로 답했다.

그의 옆에 서 있는 것은 마스터인 소녀, 티네 체르크였다.

이 주에서는 21세 이하의 인간이 카지노에 들어가는 것은 허용되지 않으며, 이를 위반하면 카지노 측에도 엄중한 벌칙이 주어진다.

하지만 아무도 티네가 카지노 안에 있는 것을 나무라지 않았다. 나무라기는커녕 그녀 쪽으로 시선을 보내는 자조차 존재하지 않았다.

"어떠냐? 아무도 네 모습을 보지 못하고 있지?"

주변에 사람이 없기 때문인지, 아니면 단지 염화를 하는 것이 취향에 안 맞는 것인지 길가메시는 술을 맛볼 때 말고는 직접 입을 통해 말했다.

「…네, 길가메시 님께 하사받은 이 반지의 가호 덕입니다. 정말로 근사한 물건입니다.」

티네가 새끼손가락에 끼고 있는 것은 수메르의 고대문자가 새겨진 반지였다.

"가호라 할 만큼 대단한 것은 아니다. 시선을 피하기 위한 장난감에 불과하지. 어중이떠중이들은 둘째 치고 마술사 놈들과 서번트의 눈을 피할 만큼의 힘은 없다."

길가메시는 사막에 거대한 크레이터를 만들어 내고 나서 '자기 몸 정도는 알아서 지켜라'라는 말을 남기고는 반나절 정도 어딘가로 모습을 감췄다.

마력이 연결되어 있다는 것은 느껴졌기에 사라지거나 계약이 해제되지 않았다는 것은 알았지만 무엇을 하고 있는지는 짐작도 되지 않았다.

밤이 되어 도시 북쪽에 있는 티네 일행, '토지 수호 부족'의 본거지로 돌아왔을 때는 어디선가 사복 등을 조달한 상태였다. 그는 머리를 앞으로 내린 채 언짢아 보이는 표정으로 중얼거렸다.

"이 도시에서 사람과 재물이 가장 많이 오가는 곳을 보여 다오."

결과적으로 티네는 도시 제일의 카지노 '크리스털 힐'과 그곳을 둘러싼 환락가로 길가메시를 데리고 오게 되었다.

의도는 헤아릴 수 없었지만 티네에게는 거스를 이유도 없었다. 도시 중심부는 적의 거점이라고도 할 수 있어, 평범한 마술사라면 그곳에 가는 걸 망설였을 테지만─티네는 그런 상황을 알면서도 그다지 불안하지 않았다. 그것은 어젯밤 사막에서 보였던 길가메시의 힘을 진심으로 믿고 있었기 때문이다. 오히려 자신이 발목을 잡지 않을까 불안할 정도였다.

그리고 카지노 입구에서 티네가 담당자에게 저지당하자 길가메시가 그 반지를 건네주었다.

"너를 직접 볼 수 있는 자가 있다면 어느 정도의 안력을 지닌 녀석이라는 뜻이다. 성배를 노리는 도적 이외의 것에 대한 처우는 마스터인 네가 정해라. 내가 참견할 일이 아니니."

「…알겠습니다.」

티네는 길가메시에게 공손하게 목례를 한 뒤, 그가 한 시간 동안 이룬 위업을 입에 담았다.

「그나저나 근 한 시간 동안 보이신 실력은 참으로 훌륭했습니다.」

그러자 길가메시는 손바닥에 있던 최고액의 칩을 손가락으로 공중에 튕기며 심드렁한 표정으로 답했다.

"실력 같은 건 상관이 없다. 내 정원에 있는 모든 재물은 내게 귀결되게끔 되어 있기 때문이지. 도박 따위, 내게는 자기 금고에서 금전을 전대에 옮겨 담는 것과 다를 바 없다. 행위에 의미는 있을지언정 유희로서의 재미는 눈곱만큼도 없지."

현대의 사복을 몸에 두른 영령은 다시금 주변을 관찰하며 말을 이었다.

"헌데… 이것이 이 도시에서 가장 많은 부가 오가는 곳이냐?"

「은행이나 증권거래소 같은 곳은 길가메시 님이 바라는 광경과는 다를 것으로 판단되어 제외했습니다.」

"과연. 하지만 나쁘지 않구나. 이 유희장은 화폐를 다른 화폐로 바꾸어 독자적인 세계를 이루고 있어."

「세계 말씀이십니까.」

"그렇다. 화폐란 잡종들에게 성장과 타락을 동시에 가져다준 최고의 발명품이다. 나도 싫지는 않다. 그 정도로 훌륭한 물건임에도 최대의 쓰임새가 '낭비'라니, 참으로 우스꽝스러운 일이 아니냐."

길가메시는 그런 소리를 하며 어깨를 으쓱했다.

아무래도 이 영령은 호사스러운 것을 좋아하는지 현재 입고 있는 복장도 전형적인 '평생 써도 다 쓰지 못할 거금을 라스베이거스에서 손에 넣은 젊은이가 허영심에 들떴다'는 표현이 딱 들어맞는 듯한 분위기를 풍기는 물건이었다.

묘하게 익숙해 보이는 길가메시와는 대조적으로 티네는 당연히 카지노에 들어오는 것 자체가 처음이었다.

불안한 눈초리로 주변을 둘러보고 있는 티네의 귀에 길가메시의 목소리가 울려 퍼졌다.

"명색이 내 힘을 이용하려는 여자가 나 이외의 것에 위축되지 마라."

「죄송합니다.」

"말했을 텐데. 어린애면 어린애답게 눈에 비치는 것을 보며 눈빛을 빛내고 있으라고. 뭐, 내 앞에서는 세상 모든 것이 희미해 보일 테지만."

「옳으신 말씀입니다.」

농담인지 진담인지 모를 말에 티네는 그저 고개를 조아릴 따름이었다.

그런 모습을 본 길가메시가 다소 언짢은 듯 눈을 가늘게 뜨며 말했다.

"나를 숭상하는 것은 좋다. 당연한 것이니. 하지만 나를 맹신하지는 마라. 눈빛을 빛내며 그 눈으로 자신의 길을 찾아라."

「……?」

"아니, 나뿐만이 아니지. '신'이 되었건 네가 말하는 '대자연의 은혜'인지 하는 것이 되었건, '선조 대대로 이어져 내려온 비원'이 되었건 마찬가지다. 사고하기를 포기하고 무언가를 숭배하고 의존하는 짓은 영혼을 썩게 하는 것과 진배없다. 그에 비하면, 불쾌하기는 하지만 나를 정면에서 발판 삼으려 드는 무례한 놈들 쪽이 그나마 상대할 맛이 난다는 말이다."

선조 대대로 이어져 내려온 비원, 이라는 말에 티네는 자신을 지적하고 있다는 사실을 알아챘다.

길가메시는 술잔을 비우며 몸이 굳어진 티네에게 물었다.

"잡종 계집이여, 너는 어느 쪽이냐? 이 토지를 마술사 놈들로부터 되찾겠다는 것은 네놈이 선택한 의지냐? 선택하기를 포기하고 운명의 흐름을 변명 삼은 타인의 꼭두각시로서의 말이냐?"

「……!」

"벗이 있는 이상, 나는 이 장난질을 진지하게 즐길 셈이다. 만약 네가 어린 마음을 버리고 이 몸을 이용할 의지가 있다면 조금은 근성을 보일 각오를 하거라."

「저…는….」

티네는 그 이상 염화로 답할 수가 없었다.

적어도 지금의 티네는 길가메시의 물음에 대한 답을 지니고 있지 않았다.

자신의 목숨을 걸 각오는 되어 있다.

타인을 죽일 각오도 되어 있으며 이미 손은 더럽혀진 몸이다.

하지만 그것이 자신의 의지인지, 아니면 운명의 탁류에 떠밀린 것인지 그녀 자신도 알 수가 없었다. 애초에 방금 길가메시가 던진 물음으로 인해 처음으로 생각하게 된 현안이었다.

"뭐, 되었다. 우르크의 백성 중에는 너 정도 나이 때에 품성이 완성된 자들도 많았지만 이 시대의 잡종에게 그 수준까지 기대할 수는 없는 일이지."

길가메시도 답을 기대한 것은 아니었던 모양인지 딱히 티네에게 대화를 계속할 것을 강요하지는 않았다.

그는 마지막으로 한마디를 덧붙인 뒤, 다른 게임이 이루어지고 있는 테이블로 발길을 옮겼다.

"뭐, 자신의 강고한 의지로 무언가에 영혼을 바칠 수 있다면, 그건 그것대로 칭찬할 만한 일이지."

누군가 특정한 존재라도 떠올린 것인지 어딘지 과거를 그리워하는 듯한 미소를 입가에 띤 채.

"그것이 설령 잡종들이 보기에 광인이라 불리는 부류의 자라 해도 말이다."

×　　　×

시내 모처. 건축 도중인 건물 안.

스노필드 중심부에서 다소 떨어진 위치에 있는 건축 도중의
빌딩.

안 그래도 공사하던 인부들이 모습을 감추는 야간 시간대였
지만 현재는 검은 옷을 두른 여자―어새신의 서번트가 독자적
인 결계를 펼치고 있어 일반인은 입구조차 인식할 수 없는 상
태가 되어 있었다.

여자 어새신은 휴식을 취하며 조용히 눈을 감고서 이를 악물
었다.

의문의 상대 앞에서 한 번 물러났던 자신의 유약함을 수치스
러워하고 있는 것이다.

어떠한 비기秘技를 쓴 것인지 '세이버'의 영령이 날린 강렬한
일격에 휘말려 들었음에도 그녀의 몸에는 상처 하나 없었다.

심지어 상대의 전력과 보구는커녕 진명조차 알 수 없는 상황
이다.

한 번 물러났던 것은 전략적으로는 정답이었을지 모른다. 하
지만 적을 앞에 두고 한 번이라도 물러났다는 사실이 그녀의

마음을 깊은 물밑으로 가라앉혔다.

─그 남자는 우리의 수장─'산의 노인'을 알고 있었다.

─어떠한 존재지? 위대한 수장들의 기술을, 녀석은 어디까지 알고 있는 거지?

─…하지만, 그 남자가 성배에 홀린 자 중 한 명이라는 것은 분명하다.

─처리할 방법을 궁리해야만 한다.

그 '세이버'가 그저 강력한 빛의 참격을 내지르는 것밖에 능력이 없는 남자라면 그대로 이쪽의 보구를 잔뜩 동원하여 처리할 수 있었으리라. 마력을 모두 소진하고 소멸했을 가능성도 높았지만 그래도 후회는 없었으리라.

아직 자신이 마스터와 마력으로 연결되어 있다는 사실을 알아채지 못한 여자 어새신은 그런 결의를 굳히며 남자를 상대할 대책을 강구했다.

세이버가 소환된 순간부터 불온한 분위기를 느꼈다.

그가 나타나기 직전, 분명 그 빛 속에는 여러 개의 기척이 존재했다.

그중에는 확연히 사람이 아닌 자의 기척도 있었다.

그 후, 그림자는 하나로 집약되었지만─'망상심음妄想心音─자바니야'의 팔을 튕겨 낸 그 화살은 저 '세이버'가 쏜 것 같지 않았다.

심지어 그때 발사된 화살에는 강력한 독이 묻어 있었다.

수행 끝에 내성이 생긴 몸이기에 전혀 효과는 없었지만, 평범한 사람이라면 근육이 마비되어 움직이지 못하게 되는 부류의 독이리라.

독을 즐겨 쓸 남자로는 보이지 않았고 어째서 그림자에서 화살이 튀어나온 것인지 하는 등의 의문점이 남아 있기에, 섣불리 싸울 수는 없는 일이었다.

자신이 미숙한 탓에 상대에게 필연적인 죽음을 가져다주지 못했다.

위대한 수장들이라면 그 상황에서도 눈썹 하나 꿈쩍하지 않고 그 의문의 영령의 목숨을 취할 수가 있었을 텐데.

그렇게 하지 못한 것은 자신이 미숙하다는 증명에 지나지 않았다.

―그 남자를, 어떻게 처리해야 할지.

자신의 독 내성과 연관된 보구―일찍이 '정밀靜謐'이라 불린 수장이 사용했던 독을 산포하는 수도 있었지만 그래서는 타깃 이외의 대중들까지 휘말려 들게 된다.

그녀가 생전에 암살자로서 자신을 쉼 없이 단련했던 것은 신앙의 적을 멸하기 위해서였다.

무고한 인간을 학살하기 위해서가 아니었다.

도시를 활보하는 자들 중에는 동포도 있을지 모른다. 어쩌면 향후 마음을 고쳐먹고 동포가 될 자들이 있을지도 모르고.

그녀는 오늘 하루, 마술사의 기적을 찾아다니며 스노필드에 들어와 있던 수많은 마술사들을 상대했다.

이교도인 데다 노골적으로 이쪽에게 적의를 보인 자들의 경우―그녀는 그들의 목숨을 거두었다. 성배전쟁에 얽힌 마술사가 아닌 이상, 그녀가 반드시 죽여야 할 타깃은 아니다. 하지만 살의가 느껴지는 술식을 날려 온 상대를 못 본 체할 이유는 없었다.

적대적이지 않았던 마술사들은 이쪽이 서번트라는 사실을 알자마자 '영주는 어떻게든 할 테니 나와 계약하자', '함께 성배를 손에 넣자', '성배가 있으면 소원을 이룰 수 있다'고 하는 자들이 대부분이었고, 그녀는 그런 자들의 혀를 꿰어 얼마간 타락으로 물든 말을 내뱉지 못하게 만들었다.

그냥 관광유람 기분을 내고 있는 마술사들에게 '이 도시에서 치러지고 있는 의식은 세상의 섭리를 거스른 이단의 것이다. 관여하지 마라'라는 충고만 하고서 그 자리를 떴다.

시간만 있다면 개종을 권했을 테지만 지금의 자신에게 그럴 정도의 여유는 없었다.

―이 성배전쟁의 배후에 있는 자들을 제거한다.

―내가 해야 할 일은 그것뿐이다.

그녀는 마음을 다잡고 건물 끄트머리에 서서 다시금 밤이 내린 도시로 그 몸을 높이 도약시켰다.

마술사의 기척은 아직도 많아, 끝이 없을 듯했다.

그 안에서 이 성배전쟁의 흑막을 찾아내 수장들을 모욕한 것에 대한 대가를 치르게 하기 위해.

×　　　　×

　같은 시각. 어느 빌딩. 옥상.

　그런 여자 어새신을 멀리서 지켜보는 마스터—제스터 카르투레는 황홀한 미소를 지은 채 천천히 박수를 치며 혼잣말을 쏟아내었다.

　"아아…, 멋지군! 올바른 철수였음에도 불구하고 그대는 자신의 미숙함을 부끄러워하고 있어. 하지만 그것은 왕이나 기사의 자존심이야. 그대가 마음에 둘 일이 아니지! 하지만 그런 일까지 부끄러이 여기는 그 모습은 실로 아름답군!"

　제스터도 오페라하우스 내에서 있었던 일은 어둠 속에서 관찰하고 있었다.

　완전히 기적을 차단한 상태로 처음부터 끝까지 모든 것을 목격하고 있었지만, 분명 그 세이버로 추정되는 영령은 다소 이상한 존재라 할 수 있었다. 마스터의 눈으로 보아도 보구를 제하면 어새신에게 승산은 없을 듯했다.

　"분명 그대는 정면에서의 승부에서는 졌을지도 몰라. 하지만 두려워할 것 없어. 그대는 암살자니. 보이지 않는 곳에서 빈틈을 노리다 등 뒤에서 필살의 일격을 먹이는, 그 불명예를 통해 그대가 믿는 것의 명예를 지키는 것이야말로 그대의 삶이고말고!"

멋대로 여자의 전투방식을 논하고 멋대로 그 인생을 칭찬한다.

제스터는 혼자서 흥분하여 흔희작약欣喜雀躍하며 어둠 속에서 빙글빙글 춤을 추었다.

"이 얼마나 순수한가! 인간이라는 종에 아직 이와 같은 희망의 과실이 남아 있었을 줄이야! 전 인류가 그녀의 인생을 관찰하고 이해하고 공감하여 본받아야 해! 아니, 아니야! 나는 방금 거짓말을 했어! 그녀는 인간 따위에게는 과분하지! 나다, 나야말로 그녀를 눈으로 훑고, 부수고, 마음을 온통 탐할 자격이 있어!"

자기중심적이기 그지없는 외침을 내지른 뒤, 제스터는 흥분을 가라앉히고서 밤의 어둠에 떠오른 도시의 불빛을 내려다보며 입맛을 다셨다.

"다른 그 누구에게도 주지 않겠다. 저 사막의 흉악한 영령들에게도, 새로 나타난 검사의 영령에게도 말이지. 그녀를 괴롭히는 것은 허락하지. 부디 그녀를 절망시켜 다오. 하지만 마지막에 집어삼키는 건 나여야만 해!"

거기까지 말한 제스터는 일단 웃음을 멈추고는 눈을 가늘게 뜨고서 밤의 어둠 그 자체를 바라보았다.

마치 사람의 눈에는 보이지 않는 무언가를 노려보듯.

"도시를 둘러싼 별의 종복─죽음의 운반꾼, 저 계집은 네놈에게도 넘기지 않을 거다."

×　　　　×

꿈속.

라이더에게는 마음이 없다.

인간에게 죽음을 가져다주는 시스템. 그것이 라이더의 본질이었다.

마스터인 쿠루오카 츠바키가 평안하게 잠든 동안, 그도 꿈을 꾼다.

오늘 일어났던 일들을 돌이켜보며 축척된 정보를 정리하기 위한 행위다.

거기에는 바람도 후회도 없다.

성배의 시스템에 따라 마스터의 안전과 바람을 지키기 위한 정보 정리에 불과했다.

상황을 살피러 사막에 다녀오고서 거의 하루가 지났다.

라이더가 정리한 정보는 어제와 딱히 다를 바가 없었다.

단지 꿈의 세계 안에 몇 마리의 '새'가 날아다니기 시작하자 그것을 본 츠바키가 '새다!' 하고 기뻐했던 모습만이 반복되었다.

"있지, 저 새도 당신이 가져다준 거야?"

"고마워!"

"나, 동물 엄청 좋아하거든!"

그런 순수한 츠바키의 말이 몇 번이나 수없이 반복되었다.

그것이 어제 하루 중 마스터인 소녀가 가장 흥분했던 순간이기 때문이다.

마스터가 바라는 것은 그런 방향성에 있다.

라이더는 그것만을 확인하고는 자신이 해야 할 일을 하기 시작했다.

만에 하나 츠바키의 의견과 다른 것이 있을 경우, 곧바로 방향을 수정할 수 있도록.

천천히. 천천히.

그렇기에 조용히, 흉악하게―그는 도시로 퍼져 나가기 시작했다.

×   ×

시내 모처.

주변에 예스러운 책이 산더미처럼 쌓여 있는 공간. 캐스터는 책상에 다리를 턱 얹은 채 즐거운 듯 웃으며 노트북의 화면을 바라보고 있었다.

"호~. 컴퓨터로 음표와 가사를 입력하면 이 그림 아가씨가 노래를 한다 이건가! 끝내주는 시대구먼! 이거 성배전쟁이나 할 때가 아닌 것 같은데!"

그런 소릴 하며 얼마간 컴퓨터를 만지작거리자 이윽고 컴퓨터에서 그 고성능 소프트의 성능이 아깝다는 생각이 들 정도의, 기묘한 음정의 음악이 흘러나왔다.

"......"

그는 그 소리를 들은 뒤, 시험 삼아 다른 인간이 만들었다는 노래와 비교하고서 납득했다는 듯 고개를 끄덕였다.

"이것 참, 어릴 적에 바이올린 선생한테도 들었지만 역시 내게 음악적 재능은 없는 모양이구먼. 별수 없지, 성배전쟁에나 집중할까."

그는 탄식하며 컴퓨터 화면을 전환시켰다.

그러자 화면에 일반적으로 결코 인터넷상에는 굴러다니지 않을 듯한, 기밀성이 높은 정보가 차례로 나타났다.

[사역마로 사용했던 각종 조류, 모두 가사상태에서 소생되었음을 확인.]

아무래도 그것은 스노필드에 관계된 어느 조직의 보고서인지 마술용어가 섞인 문장이 줄줄이 이어져 있었다.

[사역마로서의 기능은 상실되었으며, 몸의 각 부분에서 병적

조직으로 추측되는 반점이 확인됨.]

[병원균류는 발견되지 않았지만 미세한 마력의 흔적을 확인. 마나 같기도, 오드 같기도 한 기묘한 성질을 지님. 미처 회수하지 못한 새 몇 마리도 마찬가지로 소생했을 것으로 추측됨.]

[사안의 카테고리를 C 클래스로 상승. 이후 팔데우스 디오란도 씨가 관할키로 함.]

그런 불온한 문자가 이어진 뒤에는 기묘한 자료와 스노필드 시내 케이블 TV의 영상이 흘러나왔다.

[영령 중 한 명을 경관이 확보했다는 정보. 세이버의 영령이라는 정보 있음.]

"하핫, 진짜로? 어처구니없는 녀석이 나왔구먼!"

캐스터는 깔깔대고 웃으며 그 녹화영상인 듯한 '정보'를 재생했다.

그러고는 그 연설하는 모습을 보고 눈이 휘둥그레지더니 의자를 앞뒤로 흔들어 대고 두 손으로 짝짝 손뼉을 치며 외쳤다.

"이거 끝내주는구먼! 경찰도 참 성가신 녀석을 떠맡게 됐어!"

그리고 쓴웃음을 지은 채 자신의 마스터에 대한 연민 어린 말을 토해 냈다.

"서장 녀석도 참 불쌍하게 됐군. 위장에 구멍이라도 뚫리는 거 아냐?"

남의 일인 양 말한 캐스터는 계속해서 수많은 정보를 처다보며 끝까지 농담조로 혼잣말을 이었다.

"자아, 보고 가시라. 즐거운 7일간의 이야기를! 하나님은 7일 만에 세상을 창조했는데, 이 녀석들은 7일 동안 어떤 세상을 만들어 낼까?"

그렇게 말한 캐스터는 다소 아쉬운 듯 미소를 띤 채 고개를 좌우로 흔들었다.

"하다못해 결말을 지켜볼 때까지는 살아남고 싶은데, 내게도 7일밖에 시간이 없단 말이지."

끼익. 의자를 요란하게 삐걱대고는 높이 쌓여 있는 주변의 책들을 보며, 캐스터는 자조 섞인 미소를 지은 채 중얼거렸다.

"그 위대한 문호—셰익스피어라면 직접 이야기를 적어 내려가겠지만, 난 그냥 관람석에서 관객으로서 즐기도록 하지! 근사한 여자와 맛난 밥을 먹으며 말야! 하핫!"

3장

『1일 차. 이른 새벽.
군상 VS 허상』

카지노 '크리스털 힐'.

"검정에 전부 걸지."

길가메시가 또다시 룰렛 판에 앉아 조금 전과 같은 방식으로 돈을 계속 걸어 댔다.

슬슬 카지노 측으로서도 무시할 수 없는 금액이 되어 가던 도중에 그 승부에 불쑥 끼어드는 자가 나타났다.

"나도 검정에 전부 걸지."

길가메시는 옆자리에 고액 칩을 산더미처럼 내려놓은 남자를 힐끗 노려보았다.

"호오. 빨판상어처럼 내 재물을 털어 갈 셈이냐?"

"설마, 돈 자체에는 관심 없어. 그냥 당신의 운을 나눠 받았으면 하는 것뿐이지."

요란한 안대를 한 남자는 빙긋 웃으며 말했다.

"지금부터 큰일을 하러 가야 하는데 기분이나 북돋울까 하고."

다음 순간, 룰렛의 구슬이 검은색 숫자 칸에 떨어지자 다시금 주위에서 환호성이 터져 나왔다.

"고마워. 덕분에 재수가 좋을 것 같군. '재물'은 나중에 당신의 정원에 돌려놓도록 하지."

남자는 그런 소리를 하며 길가메시와 같은 양의 고액 칩을 움켜쥐었다.

'정원에 돌려놓는다'.

그 표현을 들은 길가메시가 물었다.

"호오, 조금 전에 했던 혼잣말을 훔쳐 들은 거냐?"

"혼잣말? 아닐 텐데?"

남자는 가볍게 웃으며 길가메시의 등 뒤에 서 있던 티네에게로 시선을 돌렸다.

"밤이 늦었어. 거기 있는 아가씨는 슬슬 재우는 게 좋지 않겠어?"

「······!」

느닷없이 자신을 바라보는 통에 티네는 숨을 멈췄다.

하지만 다른 손님이나 딜러는 지금도 자신의 모습이 보이지 않는 모양인지 안대를 한 남자의 말에 고개를 갸웃하고 있었다.

"과연, 평범한 잡종은 아닌 모양이군. 이름을 말하라."

안대를 한 남자에게 흥미가 생겼는지 길가메시가 오만불손한 미소를 띤 채 물었다.

그러자 남자는 천천히 자리에서 일어나며 답했다.

"한자 세르반테스."

그는 룰렛 판에서 한 걸음 물러나 옆구리에 끼고 있던 상의를 몸에 둘렀다.

검은 상의 위에는 어느샌가 십자가 모양의 목걸이가 매달려 있었고, 딜러와 다른 손님들은 '신부가 왜 이런 곳에?' 하고 다

시금 고개를 갸웃거리기 시작했다.

그런 주변의 시선 속에서 자신을 한자라 소개한 신부는 길가 메시와 티네만 알아들을 말을 입에 담았다.

"도착이 늦어졌지만 이 전쟁의 감독관이지. 잘 부탁한다."

한자는 그대로 카지노 칩을 환금하고서 출구로 향했다.

그의 옆에는 어느샌과 네 명의 여성이 따라붙어 카지노라는 장소적 요소와 더불어 신부복과 전혀 어우러지지 않는, 인상적인 광경을 자아내고 있었다.

"결국 신부복을 입은 채 카지노에 들어가 버렸네, 한자 씨."

카지노를 나온 참에 네 여자 중 한 명이 그런 말을 입에 담았다.

"우리는 사복이라 상관없었지만, 아니나 다를까 안 좋은 의미에서 눈에 띄던걸, 한자."

다른 여자의 말까지 듣고서 한자는 쓴웃음을 지으며 답했다.

"별수 없지. 마스터 중 한 명이라고 정보가 들어온 마술사 아가씨가 영령으로 보이는 남자와 카지노로 들어갔으니. 옷을 갈아입을 새가 있었어야지. …아무튼 뭐, 사부님께는 비밀이다."

한자는 어깨를 으쓱하며 여성들에게 말했다.

"너희야말로 지금 당장 정장으로 갈아입어둬. 어제는 사막에 크레이터가 생겼어. 오늘 밤에도 무슨 일이 일어날지 모를 일이니까."

그러고는 자신은 시내의 어느 시설을 향해 발길을 돌렸다.

"나는 한발 먼저 감독관으로서 인사를 하러 가기로 하지."

"이 웃기지도 않는 전쟁을 일으킨 흑막 중 한 명으로 보이는 남자에게 말이야."

×   ×

경찰서. 취조실.

아직 날이 밝기에는 이른 시간.

스노필드 경찰서의 취조실에서는 기묘한 조사가 진행되고 있었다.

"…그래서, 이름은?"

뚱한 표정을 한 형사의 말에 수갑을 찬 귀족풍의 남자는 의자에 당당히 앉은 채 답했다.

"부를 이름이 필요하다면 '세이버'라고 불러줘."

"세이버—기병도騎兵刀? 그것 참 세련된 이름이로군. 네게서 몰수한 그 검은 어느 드러그스토어에서 발견한 거지?"

비아냥거림 섞인 물음.

세이버를 자칭한 남자는 그 의미를 알아채고는 즐거운 듯 웃으며 말을 자아냈다.

"묵비권이라는 걸 쓰도록 하지. 마음에 드는 검이거든. 손님이 쇄도해서 매진되기라도 하면 난감해지니까."

"…왕족이나 기사처럼 차려입었다고 너무 건방 떨지 않는 게 좋을 거다."

"제법 예리하군. 과연, 이 나라의 관리는 우수한 모양이야."

세이버가 감탄한 듯 말하자 경관이 짜증스럽게 말했다.

"너, 머리가 어떻게 되기라도 한 거냐? 아니면 약 했냐?"

"글쎄. 젊었을 적엔 변덕왕이라는 별명으로 불리기도 했지. 아무래도 나는 곁에서 보기에 이상한 부류에 속하는 모양이었지만 내게는 오히려 칭찬이지."

"과연. 그래서, 부추김당한 돼지*가 흥이 올라서 오페라하우스를 박살 냈다 이건가?"

"확실히 나는 신이 나 있었지. 호화현란한 무대 위로 불려나왔다는 것을 알아채고 기분이 고양되어 있었던 건 사실이니까."

세이버는 진지한 표정으로 경관에게 말했다.

"자네가 할 일은 저 오페라하우스를 수선하기 위한 비용과 필요한 직공의 수 등을 조사하는 거야. 내게 알려 주면 보상토록 하지."

※돼지 : 과거에는 주로 살집이 좋고 가창력 있는 배우들이 오페라 가수를 하는 일이 많았음. 요컨대 오페라 배우를 비꼰 말.

"그건 민사재판에서 상대측 변호사에게 물어보시지. 애초에 너 같은 미친 녀석이 지불할 돈을 마련할 곳은 있고?"

"없다…고 하면 거짓말이 되겠지."

"돈줄이라도 있는 거냐?"

세이버라는 남자가 입고 있는 장속도 근처 파티 상품점에서 산 것으로는 보이지 않을 정도로 본격적인 것이긴 했다. 그럭 저럭 값이 나가는 물건이리라.

그렇게 판단한 취조 담당 경관은 상대에게서 뭐든 정보를 끌어내고자 시도하고 있는 것인데―.

"뭣하면 자네가 출자해 줘도 좋고. 은혜는 잊지 않도록 하지."

"건방 작작 떨어!"

형사가 손바닥으로 책상을 후려치자 세이버는 흠, 하고 잠시 생각에 잠긴 뒤에 입을 열었다.

"공짜로 해 달라는 말은 아니야. 마술을 보여 주지. 아마 자네들의 상식에서 벗어난 것을 볼 수 있을걸?"

"마수울?"

"그래, 분명히 말해 두겠는데… 굉장할걸? …놀랄 거야."

세이버가 어린애처럼 맑은 미소를 지으며 말하자 취조실에 있던 경관들은 서로 얼굴을 마주 보더니 히죽히죽 웃으며, 머리가 이상한 남자의 말에 어울려 주기로 했다.

"핫, 그럼 그 상태에서 뭘 할 수 있는지 어디 보여 줘 보시지."

경관 중 한 명의 말에 세이버는 미소를 지은 채 고개를 끄덕이더니 수갑이 채워진 두 손을 들어 팔랑팔랑 흔들어 보였다.

"손에는 아무것도 없지? 잘 봐."

"…그래."

"…이제, **내가 사라질 거야.**"

"엉?"

상대의 말을 알아듣지 못한 경관들이 고개를 갸웃한 순간―.

세이버의 모습이 안개처럼 사라지더니 공중에 남은 수갑이 요란한 소리를 내며 책상에 떨어졌다.

"…억?!"

"뭣…."

모두가 혼란 상태에 빠져 허리에 찬 권총과 스턴 건으로 손을 뻗으며 주변을 둘러보았다.

"어디로 사라졌지?!"

"무슨 일이 일어난 거야!"

"절대로 문 열지 마!"

경관들의 고함소리가 이어지는 가운데―그들이 잠시 남자가 앉아 있던 의자에서 눈을 뗀 다음 순간, 어느샌가 그의 모습은 원래 위치로 돌아와 있었다. 조금 전과 다른 점이라면 벗겨진 수갑이 책상 위에 널브러져 있다는 점뿐이었다.

"……."

경관들은 모두 식은땀을 흘리며 남자에게 총을 겨누었다.

"우, 움직이지 마! 꼼짝도 하지 마라!"

"나는 한 걸음도 안 움직였어. 그러게 말했잖아? 놀랄 거라고."

그렇게 말을 마친 뒤, 농담은 여기까지라는 듯 세이버는 얼굴에서 미소를 지우고서 진지한 표정으로 경관들에게 말했다.

"물론 움직여서 벽을 뚫고 도망칠 수도, 자네들을 어떻게 해 버릴 수도 있었지. 그 오페라하우스에서 누구의 눈에도 띄지 않고 떠날 수도 있었고."

황황히 빛나는 눈빛은 경관들의 영혼을 집어삼킬 듯한 위압감을 내뿜고 있었다.

그 상태로 세이버는 자신에게는 추호도 적의가 없다는 것을 증명하고자 했다.

"이건, 내 나름의 자네들에 대한 '경의敬意'야."

"경의라고…?"

"오페라하우스를 파괴한 것을 보상하는 것은 둘째 치고, 그 죄를 타인에게 짊어지게 하는 것은 기사의 명예에 반하는 일이니까. 그런 짓을 했다간 나는 경애하는 고국의 조상 왕들께 영원히 고개를 들 수 없게 되겠지. 그러니 내 힘의 증명을 보고 납득해 줘. 내게는 보상할 뜻이 있어. 하지만 구속될 생각은 없지. 나는 그저 그 여자가 무고하다는 것을 증언하러 왔을 뿐이니까."

조용히 말하는 세이버의 말에 경관들이 입을 다물었다.

남자가 말한 내용은 너무도 그 자리와 어울리지 않는 데다 황당무계했지만, 눈앞에 있는 남자에게서는 강제로 그것을 납득하게끔 하는 위압감이 뿜어져 나오고 있었다.

"자네들을 힘으로 배제하지 않는 것은 업무에 충실하며 백성의 평온한 생활을 위해 몸을 던지는 숭고한 마음가짐에 대한 조촐한 경의야. 동틀 녘까지는 자네들의 구속에 따르도록 하지."

경의라는 단어가 세이버의 입에서 흘러나오기는 했지만 경관들은 오히려 공포 어린 시선으로 눈앞에 있는 남자를 바라보고 있었다. 뱀 앞에 놓인 개구리처럼 그 자리에서 옴짝달싹할 수가 없었다.

그래도 세이버를 계속 노려보고 있는 것은 정말로 그들이 자신의 사명에 성실하기 때문일까.

아직 자신에게 적의를 품지 않았다는 사실에 기분이 좋아졌는지 세이버는 약간 기쁜 투로 입을 열었다.

"동이 틈과 동시에 나는 사라질 테니. 뭐, 이참에 어떻게 얼버무릴지를 생각해 두는 편이 좋을걸."

끝으로 그는 순수한 미소와 함께 역시나 농담으로밖에 들리지 않는 말을 덧붙였다.

"뭣하면 나도 같이 생각해 줄까?"

×   ×

경찰서. 회의실.

책상 위 모니터에 비친 취조실의 모습을 본 서장은 관자놀이를 손가락으로 짚은 채 한숨을 내쉬었다.

"…아무래도 '성배전쟁을 은폐해야 한다'는 의식은 전무한 모양이군."

그러고는 미간에 주름을 잡으며 옆에 있던 여비서에게 지시를 내렸다.

"평범한 경관들은 향후의 감시와 취조 업무에서 제외해라. 클랜 칼라틴 멤버를 배치하도록 하지. 지금 녀석과 같은 방에 있는 인원들은 암시로 기억조작 처리를 해 두도록."

"알겠습니다."

비서가 고개를 숙임과 동시에 서장은 회의실 책상에 놓여 있던 한 자루의 검을 집어 들었다.

"…이게, 녀석에게서 몰수한 보구인가?"

"네, 평범한 장식용 검으로밖에 보이지 않습니다만… 진명을 해방하지 않았기 때문일까요."

"아니, 이건 정말로 평범한 장식용 검이다. 마력은 눈곱만큼도 느껴지지 않아."

거기까지 말한 참에 서장은 문득 알아챘다.

"…방금, 녀석이 영체화했을 때 이 검은 사라졌었나?"

"글쎄요…. 저도 모니터에 정신이 팔려 있어서 모르겠습니다."

"흠…."

팔데우스의 조사부대에서 들어온 보고에 의하면 어젯밤 길가메시는 그야말로 수백, 수천에 이르는 보구를 '사출'했다는 듯하나 현재는 흔적조차 남아 있지 않다고 했다.

물론 팔데우스가 거짓말을 하고 있을 가능성도 있지만 역시 모종의 힘이 작용해 사출되었던 보구를 창고로 회수했을 가능성이 클 것이다.

"아직 성배전쟁에는 해명되지 않은 부분도 많아. 영령과 장비의 관계에 관해서도 생각해 볼 필요가 있을 것 같군."

서장은 실제로 그 '세이버의 검'을 집어 들어 가만히 바라보며 향후의 방침에 관해 생각했다.

"나중에 캐스터에게 의견을 구해 볼까…. 제대로 된 대답을 들려줄지는 의문이지만."

그러고는 검을 테이블에 내려놓고서 회의실 입구를 향해 발길을 옮겼다.

"마스터로 보이는 여자와 만나도록 하지."

"직접 접촉하는 건 위험하지 않을까요?"

"…섣불리 클랜 칼라틴 멤버를 접촉시켰다가 무슨 수작이라도 부리면 일이 성가셔지니까."

서장은 불안해 보이는 비서에게 단호한 투로 답했다.

"스스로 몸을 던질 각오가 없었다면 애초부터 이런 전술은 택하지 않았을 거다."

×　　　×

같은 시각. 서내 다른 구획.

취조를 마치고 흔히 '감방' 혹은 '폴리스 셀_{police cell}'이라 불리는 유치장 같은 장소에 갇힌 아야카는 어지간히 피곤했는지 안경을 쓴 채 침대에 똑바로 누워 있었다.

쇠창살이 아닌 벽과 문으로 둘러싸여 있어, 마치 방 하나를 전세 낸 것 같았다.

아야카가 예상했던 것보다 훨씬 깔끔한 방으로, 좁다는 점만 제외하면 텐트를 치고 노숙을 하거나 모기와 진드기에 뜯길 걱정을 해야 하는 싸구려 숙소보다 훨씬 쾌적해 보이는 환경이었다.

미국에서는 일본처럼 유치장과 구치소, 형무소가 또렷하게 구분되어 있지 않다는 이야기를 들은 적은 있었지만, 아야카도 자세히 아는 것은 아니었다.

어찌 되었건 한동안 나갈 수 없다는 점에는 변함이 없는 것이다.

그녀는 체념한 채 천장을 올려다보며 휴식을 취하기로 했다.

하지만 흥분한 탓에 좀처럼 잠이 오지 않아, 조금 전에 받았던 취조의 내용만 머릿속을 스쳤다.

자신이 누구이며 어디서 왔는지, 어째서 그곳에 있었던 건지, 일본인인 듯한데 미국에 체류하고 있는 목적은 무엇인지.

그들은 단순한 문답으로 용의자의 과거를 캐기 위해 수많은 질문을 해 왔다. 숨은 의도 같은 것은 전혀 없는 지극히 당연한 행위이기는 했으나 아야카에게 있어 그것은 고통스럽기 그지없는 일이었다.

—아아, 싫다. 싫어.

—떠올리기도 귀찮아.

—아니, 아니야. 귀찮은 게 아니야.

두려워서 떠올리고 싶지 않은 것뿐이었다.

이 나라의 광활한 토지를 여행하고 다닐 때는 과거를 잊을 수가 있었다.

죄의식에서 달아날 수가 있었다.

—얼마간, 안 보였는데….

조금 전, 오페라하우스에 나타난 빨간 후드를 쓴 소녀.

후드 아래로 보인 그녀의 미소를 상상하자 아야카는 온몸에 식은땀이 났다.

이 경찰서로 연행되는 동안 몇 번인가 엘리베이터를 타게 되었는데, 솔직히 말하자면 제정신을 유지할 수가 없었다. 엘리베이터에 타는 것이 몇 년 만인지 모르겠다. 애초에 엘리베이터가 있는 건물에는 가급적 들어가지 않으려 해 왔던 것이다.

엘리베이터가 눈에 들어오는 순간 '빨간 후드를 쓴 소녀'가 등 뒤에 서 있으리라는 것을 알고 있었기 때문이다.

경관들에게는 보이지 않은 모양이지만 아야카는 이 경찰서의 엘리베이터 안에서도 그녀의 기척을 똑똑히 느꼈다. 공포에 얼굴이 파리해진 채 절대로 그쪽을 돌아보지 않으려고 했던 것뿐이다.

'나와 그 소녀는 타인이다. 모두 다 남의 일이다'라고 자기 자신을 타이르며.

결국 빨간 후드를 쓴 소녀가 '유령'인지, 아니면 자신의 의식이 만들어 낸 '환각'인지, 그도 아니면 전혀 다른 '무언가'인지는 알 수가 없었다.

아야카에게 중요한 것은 빨간 후드를 쓴 소녀가 보인다는 사실뿐이다.

그 소녀로부터 달아나기 위해 이 도시에 온 것일 텐데.

어째서 일이 이렇게 되어 버린 걸까.

새삼 그 생각을 하려던 참에 상황에 변화가 찾아왔다.

"괜찮은 거야? 꽤나 지쳐 보이는데."

느닷없이 시야 구석에 오페라하우스에서 봤던 남자가 나타난 것이다.

"——?!"

아야카가 깜짝 놀라 벌떡 일어나자, 어느샌가 방 안에 들어와 있던 남자가 말을 붙였다.

"그렇게 놀라지 말라고. 영체화하면 벽 정도는 통과할 수 있으니. 취조가 잠시 중단되어서 말이지. 여기서 조금 떨어진 독방에 집어넣기에 네 상태를 살피러 왔지."

좁은 독방 안에 나타난 남자는 아무래도 진짜 영혼 같은 것인지 외부에서 잠근 공간 안에 간단히 들어와 있었다.

오페라하우스 때보다 훨씬 거리가 가까워져 있기에 아야카는 경계하듯 일어나 벽에 등을 붙인 채 입을 열었다.

"…간섭하지 말아 달라고 했을 텐데?"

"너는 내 마스터가 아니라며?"

아야카가 퉁명스럽게 묻자 남자는 질문으로 답했다.

"…그래. 난 당신의 마스터 같은 게 아냐."

뿌리치듯 단언하는 아야카.

하지만 남자는 그 대답을 듣고는 개구쟁이처럼 웃으며 답했다.

"그럼 네 명령에 따를 필요는 없다 이거군!"

"뭐…."

"이로써 나는 네게 마음껏 간섭할 수 있게 됐어. 여러모로 돌봐 줄 테니 각오하라고."

남자가 즐거운 듯 말하자 아야카는 진저리를 치며 고개를 가로저었다.

"부탁이니 그냥 내버려 둬."

"민초의 부탁은 되도록 들어주고 싶지만, 그럴 수가 없는 이유가 있어서."

"이유?"

아야카가 의아해 하자 남자 영령은 단도직입적으로 말했다.

"너의 문신에 새겨진 술식 때문인 것 같은데… 마력의 '선'이 영주를 가지고 있던 마술사 대신 너와 연결되어 버린 모양이야."

"…뭐?"

뜬금없는 말에 아야카가 눈살을 찌푸렸다.

"요컨대 나는 네 마력을 받아 이 세상에 현현하고 있다고 할 수 있지. 마스터와 서번트의 관계도 아닌데 너와 나는 운명공동체가 되어 버렸다 이거야."

남자는 담백하게 말한 뒤, 멍해져 있는 아야카에게 계속해서 말했다.

"네가 없었다면 마스터로부터 마력을 얻을 수 없어 이 세상에 현현하지도 못했겠지. 덕분에 살았어, 고마워."

남자가 악수를 하고자 뻗은 손을 짝 하고 떨쳐 낸 아야카는 상대를 노려보았다.

"…고맙다고 생각한다면 날 내버려 둬."

"그건 거절하지! 돌봐 줄 테다. 참견도 하고. 네가 울며 싫다고 해도 여러모로 지켜 줄 거야. 네가 죽으면 나도 사라져서 성배를 손에 넣지 못하게 되니까."

"나를 뭐로부터 지켜 준다는 거야…?"

"물론 전쟁의 다른 참가자들이지. 네가 마스터건 아니건 나와 마력의 선으로 이어져 있는 이상, 자연히 표적이 될 테니까."

"최악이네…."

아야카가 머리를 감싸 쥐자 남자는 말했다.

"긍정적으로 생각하도록 해. 예를 들자면 온몸의 가죽을 벗겨 소금을 문지르는 일을 당한 채 같은 상황에 놓이는 것에 비하면 고통스럽지도 않고 좋잖아?"

"극단적인 소리 하지 마…."

"그런 말 자주 들어. 하는 일마다 극단적인 녀석이라고."

칭찬이라도 받은 듯 쑥스러워하는 남자의 모습에 무슨 말을 해도 소용없다는 것을 깨달았는지 아야카는 다른 화제를 꺼내 상대의 속을 떠보기로 했다.

"당신, 귀족이나 뭐 그런 거지? 경찰에 체포당하는 거, 자존심 상하지도 않아?"

"산 위에 있는 성에 유폐되었던 때에 비하면 낫지. 자유롭게

밖을 돌아다닐 수 있으니까. 게다가 네가 내 대신 벌을 받게 되기라도 한다면 그거야말로 자존심이 상할 일이지. 아, 하지만 딱히 자존심 때문에 너를 지키겠다는 게 아니라고.”

“글쎄 안 지켜 줘도 된다니까….”

남자는 어이가 없어 한숨을 내쉬는 아야카에게 소방차 위에서 연설했을 때와는 전혀 다른, 가벼운 투로 말을 자아냈다.

“나는 일단 세이버라 불러 줘. 은인에게 이름을 밝히지 않는 것은 불명예스러운 일이긴 하지만 언제고 기회를 봐서 진명을 가르쳐 주도록 하지.”

그렇게 말한 세이버는 다시금 아야카 쪽으로 몸을 돌리며 진지한 말투로 물었다.

“너도 가르쳐 주지 않겠어? 어째서 그런 곳에 있었는지. 그 문신은 무엇인지.”

하지만 순간적으로 복잡한 표정을 지은 뒤, 고개를 가로저으며 더욱 중요한 질문을 입에 담았다.

“…미안, 우선은 네 이름부터 가르쳐 줘.”

×   ×

경찰서 안. 통로.

세이버와 아야카가 독방에서 대화를 나누고 있다는 사실을 아는지 모르는지, 경찰서장은 다소 걷는 속도를 높여 독방 구획으로 향했다.

하지만 엘리베이터 앞에 도착한 참에 여성 경관 한 명이 이쪽으로 달려왔다.

"아, 여기 계셨나요! 서장님을 찾아오신 손님이 있습니다."

"나중에 다시 오라고… 아니, 잠깐."

정치가 같은 이라면 나중으로 미룰까도 싶었지만 팔데우스나 쿠루오카일 가능성도 있었다.

일단 이름을 듣고서 판단하자고 생각한 서장은 걸음을 멈춘 채 경관에게 물었다.

"…누구지?"

"그게… 교회의 신부님이라고는 하는데, 아무래도 수상쩍어 보여서…."

신부.

서장은 눈살을 찌푸림과 동시에 하나의 가능성을 떠올렸다.

이윽고 그것은 안 좋은 예감이 되었고 경관이 다음에 자아낸 말로 인해 적중이라는 결과로 이어졌다.

"좌우간 '일본에서 도둑맞은 술잔에 관해 할 이야기가 있다고 하면 알아들을 것'이라는 소리만 늘어놓아서 말입니다…."

×   ×

시가지.

경찰서에 인접한 건물 중 유달리 높은 건물의 옥상.

여자 어새신은 조용히 호흡을 가다듬으며 눈 아래로 내려다보이는 경찰서에 의식을 집중시켰다.

도시에서 정보를 조사해 보니 그 세이버의 영령은 경찰서로 연행된 모양이었다.

그렇다면 내부로 잠입해, 이번에는 완벽한 상태에서 암살을 실행할 뿐이라고 생각했던 여자 어새신은 경찰서를 관찰한 결과, 무시무시한 사실을 알아챘다.

경찰서 부지에는 몇 개나 되는 마술적인 결계가 펼쳐져 있어 정규 입구로 들어오는 자 이외의 존재를 완전히 거절하는 요새가 되어 있었다.

게다가 기척을 죽인 채 정면 입구로 들어가려 해도 그러한 음술陰術을 깨뜨리는 결계가 5중, 6중으로 걸려 있었다.

주간에 옆을 지나칠 때는 알아채지 못했다.

그 정도로 교묘하게, 주변 마술사들 눈에도 띄지 않는 모양새로 결계가 형성되어 있었던 것이다.

더욱 집중해서 관찰해 본 결과, 건물 내부에서 몇몇 '마술사의 기척'이 느껴졌다.

—이럴 수가.

그녀의 기준에서 '이교도'가 압도적으로 많은 도시이기는 했으나 수많은 종교 중에서도 '이단'으로 간주하고 있는 마술사가 한 도시의 사법, 행정 조직을 수중에 넣었다는 사실은 그녀에게 있어 선뜻 믿기지가 않는 일이었다.

시계탑의 권력을 생각해 보자면 현대에서는 드문 일이 아닐지도 모른다.

하지만 적어도 시계탑과 인연이 없는 그녀의 사고로는 충격적인 사실이었다.

종파는 다를지 몰라도 자신과 같은 신을 숭배하는 자들도 이 도시에는 존재한다.

그런 가운데 이교도조차 아닌 마술사들이 도시를 이면에서 지배하고 있는 것이다.

못 본 체할 수 없었다.

이렇게까지 대규모 마술결계를 펼치고 있는 조직이 같은 도시에서 이뤄지고 있는 성배전쟁과 연관이 없을 리가 없다.

무엇보다도 저 안에는 '적'인 세이버의 영령도 존재하고 있었다.

그녀는 숨을 크게 들이쉬고는 적진 안으로 돌입하기로 결의했다.

그녀 시대의 수장은 어떠한 결계든 춤을 추듯 통과할 수가 있었다.

자신이 그렇게까지 유능하지 않다는 것은 안다.

자신이 할 수 있는 것은 선대까지의 기술을 모방한 기술을 구사하여 싸우는 것뿐이다.

벽에 부딪혀 박살 날 때까지 내달리는 것뿐이다.

그래도 좋았다.

미숙한 자신이라도 뭔가 할 수 있는 일이 있다면, 그것만으로도 자신의 인생은 의미가 있다 할 수 있으니.

아니, 의미도 필요 없다.

아무 생각도 없이 그저 관철할 뿐이다.

그녀는 조용한 결의를 검은 옷 아래 품은 채 하늘을 향해 크게 도약했다.

낙하와 동시에 결계를 모두 강제적으로 차단한다.

상대에게 존재를 들키긴 하겠지만 상관없다.

적은 모두 제거한다.

그렇게 결의한 그녀는 한 발의 포탄이 되어 경찰서의 영역 안으로 뛰어들었다.

몇 초 후, 상공에 펼쳐져 있던 결계가 모조리 박살 나더니―.

홀로 끝까지 싸우기로 결의한 광신자의 전쟁이 막을 올렸다.

그녀가 한 가지 오산한 것이 있다면―.

그녀는 결코 혼자가 아니라 흉악한 지원군이 한 명 있었다는 것이리라.

결코 그녀가 원하지 않는 존재이기는 했지만.

×　　　　×

카지노 '크리스털 힐' 앞. 환락가.

"카지노라, 부럽네에."

플랫은 오페라하우스 앞에서 인터뷰를 받고 난 뒤, 잠도 깨고 해서 환락가를 얼쩡대고 있었다. 그는 휘황찬란한 큰길가에서 유달리 빛나는 카지노의 네온사인에 눈길을 빼앗겼다.

여전히 손목시계 상태인 살인마 잭이 그런 그를 타일렀다.

「이 주에서 21세 미만의 카지노 출입은 금지였던 것 같네만.」

"아~, 그럼 난 못 들어가겠네. 아쉬워라아. 오랜만에 놀고 싶었는데."

「이전에 어딘가에서 들어가 본 적이 있나?」

의외라는 듯 잭이 묻자 플랫은 과거를 그리워하며 답했다.

"내 고향은 모나코인데요. 근처 바다에 떠 있는 엄청 커다란 카지노선이 있거든요. 거기서 논 적이 있어요. 사실 거기도 연령제한이 있었는데 살짝 이런저런 일이 있고 나서, 거기 오너가 특별히 놀게 해 줘서…. 그 대신 제가 쓸 수 있는 마술을 보여 달라고 해서 몇 개 보여 줬지만요."

「…정말로 내 지식에 있는 마술사의 이미지와는 정반대되는 삶을 살고 있군, 자네는.」

"아이 참, 너무 칭찬하지 마세요."

「아니, 더는 말 않기로 하지. 그게 자네의 삶이라면 좋을 대로 하게나. 다른 마술사들 손에 처분되지 않기를 바랄 따름이네.」

잭은 어이가 없다는 듯 말했지만 다소 흥미가 동한 부분이 있었는지 카지노선에 대한 이야기를 계속하기로 한 모양이었다.

「헌데, 마술을 보고 싶다니… 그 카지노선의 오너도 마술사였나?」

"으~음. 뭐, 본래는 그랬다는 모양이에요."

「…'본래는'?」

플랫의 묘한 말에 손목시계의 문자판이 슬쩍 기울어졌다.

"네에, 마술사에서 사도死徒가 됐거든요, 그 사람."

「사도?」

"흡혈종… 아아, 흡혈귀라고 하면 아시겠나요?"

플랫이 뜬금없는 소리를 하자 잭은 더더욱 문자판을 모로 꼬았다.

「분명 내 정체가 흡혈귀였다는 설도 있기는 하지만…. 아무리 마술사라도 그건 다소 지나치게 B급 오컬트스럽지 않나?」

"현대에 되살아난 살인마 잭 쪽이 훨씬 더 B급 오컬트 같은

데요?"

「크윽.」

영령이 성배를 통해 얻게 되는 지식은 성배전쟁에서 싸우기 위한 필요최소한의 지식이다.

잭이 모른다는 것은, 성배는 '전쟁에 흡혈귀의 정보는 상관없다'고 판단했다는 뜻일지도 모른다.

플랫은 그렇게 생각하고는 잭에게 간단히 설명하기로 했다.

"흡혈귀는 실재해요. 뭐, 마술적으로는 흡혈종이나 사도라고 부르지만요. 흡혈종에게 물리고 나서 몇 년에 걸쳐 동족이 된 사람도 있는가 하면 불로불사나 근원 같은 걸 목표로 자진해서 된 전직 마술사라든지, 여러 부류가 있긴 하지만요."

「마술사는 흡혈귀가 될 수 있는 건가.」

"우리끼리니 하는 얘기지만, 시계탑의 높으신 분들 중에도 한 명 있어요. 마법사이자 사도인 사람이."

「그럴 수가….」

잭은 놀란 듯 말한 뒤, 플랫에게 짓궂은 말을 던져 보았다.

「허나 자네라면 '멋있으니까'라는 이유로 넙죽 흡혈귀가 될 것 같군.」

하지만 플랫에게서 돌아온 것은 의외로 진지한 답변이었다.

"분명 멋있기는 하지만 딱히 되고 싶지는 않네요. 흡혈충동이라든지 이래저래 문제도 있고요."

「의외로군. 자네에게도 그런 상식적인 윤리관이 있었을 줄이야.」

"게다가 왜, **비효율적이잖아요.**"

「……?」

플랫은 의아하다는 눈치인 잭은 아랑곳 않고 도시 한구석을 가리키며 말했다.

"아아, 호랑이도 제 말하면 온다더니."

「왜 그러나?」

플랫의 시선 끝에는 경찰서로 향하는 대로의 인도에 선, 한 청년의 모습이 있었다.

어쩐지 날카로운 분위기를 두른 그 청년을 쳐다보며 플랫은 태연한 투로 말했다.

"저기 경찰서 쪽을 보며 웃고 있는 사람…. 저거, 사도일 거예요. 아마도."

×　　　　　×

경찰서. 로비.

"당신이 올란도 리브 서장인가?"

심야의 경찰서 로비에는 일반인의 모습은 거의 없고, 야근 중인 경관과 연행되어 온 불량소년 등이 때때로 지나쳐 갈 뿐이었다.

스노필드 중앙서의 로비는 보통 경찰서보다 상당히 넓게 지어졌으며, 3층 부분까지 천장이 트여 있어 2층과 3층 부분의 복도가 실내 디자인 중 하나의 요소로 기능하고 있었다.

캘리포니아 등에 있는 세련된 디자인의 경찰서와는 달리 장엄한 성을 억지로 근대화시킨 듯한 인상이 드는 로비였다.

그 남자는 묘한 압박감을 주는 로비 중심에서 독특한 분위기를 내뿜고 있었다.

요란한 안대를 쓴 신부복을 입은 남자.

그런 남자가 경찰서에 있는 것 자체로 자연히 적지 않은 통행인들의 이목이 집중되었지만―서장은 정체 모를 신부 앞에서 당당한 태도로 답했다.

"내가 리브가 맞기는 하다만… 자네는?"

"한자 세르반테스. 스노필드 중앙교회로 파견된… '감독관'이다. 이렇게 말하면 아시겠지, 서장님?"

"무슨 말인지 모르겠군."

서장이 무표정하게 답하자 한자는 씩 웃으며 두 손을 펼쳤다.

"이만한 결계를 펼쳐 놓고 마술은 그냥 취미라느니 부하가 멋대로 한 짓이라고 우길 생각이라면 그러시든지. 당신네 서번트가 패퇴해도 도망쳐 올 곳이 없어질 뿐이니까. 당신도 목숨은 아까울 텐데?"

"……."

성배전쟁의 감독관은 전쟁의 진행상황을 지켜보고 마술과 기적을 일반대중의 눈으로부터 은폐하는 것 등이 주된 임무다. 하지만 그 밖에도 '패퇴자의 보호'라는 임무도 맡고 있다.

서번트가 진 뒤에도 마스터로 있고자 하는 의지가 있다면 마찬가지로 마스터를 잃고 소멸을 기다릴 뿐인 서번트와 재계약을 해서 전선에 복귀하는 수도 있다. 그것을 방지하기 위해 서번트를 잃은 마스터를 처리하고자 하는 마술사도 적지 않았다.

하지만 의욕을 잃은 마스터 역시 다른 참가자들의 표적이 될 가능성은 있었다. 그런 패퇴 마스터의 신병을 보호하는 것도 성당교회와 감독관의 임무였다.

뭐, 나중이 돼서 '실은 마스터였으니 도와줘'라고 해도 교회로서는 보호할 방침이라고 하니, 방금 전에 한자가 했던 말은 단순한 심술이나 허풍에 불과한 셈이었다.

하지만 서장은 자신을 떠보는 것이라고 받아들였는지 경계하듯 눈을 가늘게 떴다.

한자는 그런 서장을 향해 가볍게 어깨를 으쓱해 보였다.

"어이쿠. 떠보는 게 아니라고, 올란도 리브 서장. 당신이 시계탑과는 무관한 **이단자**라는 건 이미 알아. 덤으로 말하자면 부자연스러운 형태로 인재 수집 같은 것도 하고 있지? 당신은 인근 경찰서에 손을 써서 서른 명 전후의 경관을 모아들였어. 이번 전쟁이 시작되기 한참 전부터. 상황증거만 해도 충분한 것 같은데?"

"…불과 며칠 만에 거기까지 조사를 하다니. 대단하군."

"대단한 건 교회의 정보상 녀석들이지. 나를 칭찬할 새가 있거든 다음 일요예배 때 기부금이나 좀 넣어 줘."

비아냥거림인지 본심인지, 그런 농담을 하는 신부에게 서장은 말했다.

"어찌 되었건 여기서 이야기할 일은 아닌 것 같군. 응접실로 안내하지."

"그건 사양하겠어. 당신들은 교회와 손을 잡을 생각이 없어 보이니까. 정체 모를 녀석들의 배 속으로 자진해서 뛰어들 생각은 없어."

한자는 그대로 로비에 비치된 의자에 털썩 앉았다.

그는 로비 기둥 중 하나에 설치된 액정 TV를 보며 말했다.

"아까부터 오페라하우스에서 일어난 사고인지 사건인지의 영상이 흘러나오고 있는데, 뭔가 묘한 녀석이 나오더군. 그게 진짜 영령이라면 당신들은 이미 의식의 은폐에 실패한 셈이지. 그것 보라고. 울며 사과할 생각이 있다면 제8비적회의 높으신 분들의 전화번호라도 가르쳐 줄까?"

웃고는 있지만 적의를 훤히 드러낸 채 도발을 해 오는 한자에게, 서장은 얼음장처럼 차가운 표정을 지은 채 답했다.

"걱정할 것 없다. 그것의 정체를 정확히 인식할 수 있는 일반인은 없으니."

"그래? 그럼 화제를 바꾸지. 그 영령과 마스터는 여기 있나?"

"…그렇다면?"

"교회의 정보에 없는 서번트와 마스터야. 얼굴만이라도 확인해 두고 싶어서 말이지. 가능하다면 인사도 해 두고 싶고. 마스터가 여성이라면 식사에 초대해서 졸로키아 잠발라야라도 대접하고 싶은데. 당신은 됐고 옆에 있는 아가씨, 그쪽도 함께 가겠어?"

갑자기 말을 거는 통에 비서는 무표정을 유지한 채 서장 쪽을 흘끔 쳐다보았다.

서장은 한숨을 푹 쉬더니 끝까지 자신의 요구만 늘어놓는 한자에게 말했다.

"단언해 두지. 우리의 의식은 후유키에서 치러졌던 그것과는 다르다. 너희 성당교회와 보조를 맞출 생각은 없다. 얌전히 신에게 기도라도 바치도록."

"이야기가 끝나면 당신이 시키지 않아도 교회에서 기도를 올릴 거야."

한자가 끝까지 농담조로 말하자 서장이 답했다.

"기도할 곳은 교회가 아니다. 지금, 이곳이다."

"호오?"

"…'교회의 정보에 없는 서번트와 마스터'…라고 했지."

서장의 목소리에서 열기가 서서히 사라져 갔다.

"어디까지 알아낸 거지? 우리도 모르는 정보를 알고 있는 건가? 그 정보 격차를 메울 때까지 자네를 돌려보낼 수는 없다."

"미안하지만 베개가 바뀌면 잠을 못 자거든. 가지러 가도 될까?"

"한자 세르반테스라 했지. 너는 실수를 범했다."

서장은 상대의 농담에는 귀를 기울이지 않고 그저 담담히 말을 이었다.

"이 로비부터가 이미 내 배 속이라는 생각은 안 해 봤나?"

서장의 음성이, 한층 더 차가워졌다.

동시에 한자는 알아챘다.

조금 전까지 언뜻언뜻 보였던 로비의 일반인들이 깨끗하게 사라져 있다는 것을.

—사람을 물렀나.

일반인은커녕 조금 전까지 모여 있던 경관과 접수처에 있던 인간들도 깨끗하게 로비에서 물러난 상태였다.

그 대신 로비와 연결된 다수의 입구에서 여러 명의 경관들이 우르르 나타났다.

모두가 냉정한 표정으로 한자를 바라보며 그를 에워싸듯 늘어섰다.

—이 녀석들… 평범한 경관이 아니로군.

서 있는 자세며 걸음걸이만 봐도 '일반적인 훈련을 받은 경관'과는 다르다는 것을 알 수 있었다. 동시에 그들이 세뇌 따위를 받은 것이 아니라 명확한 의지를 가지고 이 '사람을 물린 공간'에 서 있다는 사실도.

주변 상황을 본 한자는 의자에 앉은 채 서장의 얼굴을 노려보았다.

"나를 구속하고 싶은 모양인데, 죄목은 뭐지?"

"조금 전에 '당신도 목숨은 아까울 텐데'라고 했지. …나는 자네의 언동에서 생명의 위기를 느꼈거든. 어엿한 협박처럼 들리더군."

"…드라마를 너무 많이 봤군, 서장 나리."

"자네에게 묵비권은 없다. 진술이 법정에서 채택될 일도 없다. 변호사를 입회시키거나 국선 변호사를 선출할 권리도 자네에게는 없다. 각오해 두도록."

서장의 비아냥거림 섞인 말과 동시에 경관들이 서서히 거리를 좁히기 시작했다.

"우리 성당교회를 적으로 돌리는 건 상책이 아닐 텐데? 나는 당신들을 상대로 아무것도 못 할 것 같은데, 그런 녀석을 일방적으로 괴롭히면 조직 간의 관계에 금이 간다고."

"동감이다. 그렇기에 자네와 우호적으로 정보를 공유하고 싶다."

서장은 우호라는 말과는 거리가 먼, 차가운 시선으로 한자를 내려다보았다.

"선량한 일반시민을 그렇게 협박하지 말라고. 큰 소리로 울어 버린다?"

한자 역시 도전적인 미소를 지은 채 서장을 노려보았다.

일촉즉발의 상황으로 보이는 그 순간—.

서장의 휴대전화가 진동하여 장중의 분위기가 순간적으로 느슨해졌다.

서장은 눈살을 찌푸리며 한 걸음 물러나 전화를 받았다.

당연히 한자에 대한 경계를 풀지는 않았다.

신중하게 수화기에 귀를 가져다 대자 거기에서는 상황에 맞지 않는 밝은 목소리가 들려왔다.

[여어. 잘 지내고 있어, 형씨?]

"볼일이 있으면 나중에 말해라. 바쁘다."

캐스터의 목소리를 들은 서장은 담백하게 말했다.

하지만 캐스터 역시 서장의 이야기를 듣지 않고 딱 잘라 말했다.

[지금 당장 거기서 도망쳐, 형씨. 아니면 전력을 다해 요격할 준비를 하든가. 염화念話는 형씨가 완전히 차단해 둬서 이렇게 문명의 이기로 연락을 한 거라고.]

"…뭐라고?"

[나도 네가 간단히 죽어 버리면 곤란하거든. 지금 그리로, **위**

험한 게 갔다고.]

"무슨 뜻이지. 자네가 그런 걸 어떻게 아는 거고?"

[그건 기업비밀이지. 뭐, 모쪼록 분발해 보라고!]

그대로 통화가 끊겨 서장이 눈살을 찌푸렸다.

"나 원, 다루기 힘든 남자로군…."

하지만 터무니없는 소리나 장난전화 같지도 않았다.

캐스터의 정보수집능력에 뭔가 이상한 구석이 있다는 것은 서장도 이미 알고 있었다.

하지만 대체 어떻게 리얼타임으로 경고할 필요가 있는 사태까지 파악하고 있는 것이란 말인가?

서장이 의아해 하기도 전에―.

오싹.

서장의 온몸의 혈관이 일그러진 비명을 질렀다.

정확히는 그의 몸에 퍼져 있는 마술회로가.

―결계가…. 젠장! 어떻게 된 거지?!

몇 겹에 걸쳐 펼쳐 뒀던 대對마술사용 결계.

그것이 마치 미사일의 직격을 받은 셸터처럼 순식간에 파괴된 것이다.

물리적으로 예를 들자면 미술관이나 은행 등의 경비시스템을 한 번도 작동시키지 않고 통과해, 침입했다는 사실조차 인지되지 않은 채 도적질을 하는 것. 그것이 서장이 예상했던 결계 파괴였다.

하지만 이 파괴방식은 폭탄 따위로 직접 건물의 벽에 입구로 쓸 구멍을 억지로 뚫는 것이나 다름없었다.

요컨대 결계를 파괴한 자는 '결계를 넘어섰다는 것이 감지되어도 상관없다'고 생각하고 있다는 뜻으로—침입이 아니라 그야말로 '습격'을 하러 온 것이다.

"네놈의 동료냐?!"

한자를 노려보았지만 당사자인 신부는 능청맞은 표정으로 어깨를 으쓱했다.

"그렇다면 기쁠 텐데 말이지."

한자는 천장을 흘끔 올려다보며 말했다.

"내 동료였다면 정문 현관이나 뒷문으로 왔겠지. 하늘 위가 아니라."

"……."

—이 녀석, 느낀 건가?

서장 역시 결계가 깨진 것이 경찰서 건물의 상부라는 것은 알 수 있었다.

하지만 모종의 공격을 받은 것치고는 충격음이나 진동 등이 딱히 느껴지지 않았다.

대체 무엇이 나타난 것이란 말인가.

그렇게 생각한 찰나—.

건물 내의 불빛이 모두 꺼져, 깊은 어둠이 서장 일행을 휘감았다.

×   ×

독방.

"드디어 이름을 가르쳐 줬구나. 고마워, 아야카. 이 은혜는 언젠가 갚도록 할게."

온갖 방법을 동원해 겨우 이름을 알아낸 세이버는 즐거운 듯 웃으며 다음 질문을 입에 담았다.

"그래서? 너는 어쩌다 이 도시에 왔지?"

"나는…."

이 남자의 입을 막으려면 모두 다 말하는 편이 나을지도 모른다.

그렇게 생각한 아야카는 체념하고 자신이 체험해 온 일을 이야기하고자 했다.

"원래부터 일본에서, 이런저런 곳으로 도망쳐 다니고 있었어."

"도망쳐 다녀?"

"몇 년을 그러고 다녔는지는 모르겠어. 여러 곳을 전전하다가…."

아야카는 지긋지긋하다기보다는 어쩐지 공포에 질린 듯 입술을 깨물며 과거를 에둘러 말하기 시작했다.

"마지막에는 결국, 처음 있던 도시로 돌아갔는데, 그 도시에 있는 숲속의 이상한 성에서…."

거기까지 이야기한 참에 갑자기 독방의 불이 꺼졌다.

"어?"

"응?"

세이버와 아야카는 동시에 주변을 둘러보았지만 독방 문에 달린 작은 창밖에도 불빛이 없는 것으로 미루어 경찰서 전체가 정전되었다는 사실을 알 수 있었다.

"…정전일까. 금방 비상전원으로 전환되긴 하겠지만."

어둠 속에서 다소 겁먹은 투로 말하는 아야카에게 세이버가 경계심 섞인 목소리로 말했다.

"…평범한 정전이라면 그렇겠지."

×   ×

경찰서. 내부.

비상전원과 메인 배전판을 연거푸 정지시켜 경찰서 내부를 완전히 정전상태로 만든 여자 어새신은 그 어둠을 틈타 바람처럼 경찰서 내부를 내달렸다.

때때로 플래시라이트를 들고 돌아다니는 경관이나 형사와

엇갈렸지만 발소리 한 번 내지 않고 빛 그 자체를 피하며, 꿈틀대는 그림자가 되어 경찰서 내부를 종횡무진으로 질주했다.

　―그 영령을 상대하려면 이쪽도 목숨을 걸 필요가 있겠지.

　그녀는 그렇게 각오하며 경찰서 내의 긴 통로를 계속해서 달렸다.

　여자 어새신은 특수한 훈련을 쌓은지라 이동하는 데 빛 따위는 필요 없었다.

　바람의 움직임이나 마력의 흐름, 바람이 맞부딪히는 소리, 몸 전체로 주변의 상황을 **보고 있는 것이다**.

　마찬가지로 그녀는 주변 공간의 에너지 흐름도 감지할 수 있었다.

　이 역시 위대한 선도자들이 자아낸 기술 중 하나였다.

　마력과 물, 전기와 바람 같은 에너지의 흐름을 감지하여 인공물 안에서건 대자연 속에서건 자신의 몸의 일부처럼 느낄 수 있는, 이상하리만치 예민한 지각능력.

　―'명상신경瞑想神經―자바니야'.

　그녀는 그 힘을 사용해 전원장치가 있는 곳을 감지하여 파괴할 수 있었다.

　우선은 마력의 색이 짙은 곳을 향해, 폭포가 떨어지는 듯한 기세로 계단을 뛰어 내려갔다.

　그리고 이 경찰서 내에서 현재 마력의 흐름이 가장 심하게 흐트러져 있는 장소에 도착했다.

요컨대, 경찰서 안에서 최대의 넓이를 자랑하는 공간, 정면 현관 로비에.

"……!"

여자 어새신이 로비에 뛰어든 것과 거의 같은 타이밍에 로비 중앙에 있던 제복 차림의 남자가 광원 마술을 로비의 각 조명이 있는 위치에 맞추는 모양새로 전개시켰다.

─마술사!

그렇게 판단한 여자 어새신은 순간적으로 자신의 육체를 영체화시켰다.

하지만 굴지의 암살자인 그녀라 해도 빛의 속도를 당해 낼 수는 없었다.

사라지기까지의 찰나, 여자 어새신의 모습이 마술사를 비롯한 몇 사람의 눈에 똑똑히 새겨졌다.

빛에 녹아드는 그림자.

그렇게밖에 형용할 수 없는, 망령처럼 보이는 무언가가 분명히 입구에 존재했던 것이다.

"뭐지…?"

─서번트…?!

영주를 지닌 마스터인 경찰서장은, 순식간에 일어난 일이기는 했지만 그것이 '서번트'라는 것을 확인했다.

—세이버가 아니었다⋯. 순식간에 사라졌지만 녀석의 신체 능력은⋯ 어새신?!

마스터는 성배전쟁에 참가하고 있는 서번트를 직시하면 어느 정도의 '정보'를 얻을 수 있다.

그것은 머릿속에 한 페이지의 마술서나 한 장의 양피지와 같은 형태로, 당사자의 의식에 최적화되기 마련으로—당연히 진명까지는 알아낼 수 없지만 대략적인 신체능력이나 특성의 일부를 읽어 내는 것은 가능했다.

순식간이라 거의 해석은 하지 못했지만 상대가 기적을 차단할 줄 알고 잠입에 능하다는 특성은 감지할 수 있었다.

사라지기 직전에 봤던 검은 옷차림으로 미루어, 어새신의 서번트라 보는 것이 타당할 것이다.

—큭⋯. TV에서 세이버를 본 마스터가 곧바로 어새신을 보내온 건가⋯.

서번트는 영체화했기에 이쪽이 물리적으로 간섭할 수는 없었다.

하지만 계속 영체화한 상태로 이 자리에 남아 있을 리도 없었다.

영령이 영체화하고 있는 동안에는 일체의 공격수단, 방어수단을 취할 수가 없기에 만약 마술사나 마스터에게 영체를 공격할 방법이 있을 경우, 일방적으로 소멸당할 우려가 있기 때문이다.

그렇기에 적대 서번트와 적대 마스터 주변에서 계속 영체화한 상태로 있는 것은 상책이라 할 수 없었다.

영체, 혹은 실체로 전환하는 순간도 찰나와 같은 전투 중에는 치명적인 빈틈이 될 수 있다.

—아마도 이미 실체화해서 어딘가에 숨어 있을 거라 생각하는 것이 좋겠지.

이곳은 천장이 트인 로비이며 노출된 2층, 3층 부분의 통로 등을 비롯해 숨을 수 있는 장소는 무수히 많았다.

서장은 그렇게 생각하고 주변을 경계했다.

영주는 장갑으로 가려 두었다. 자신이 마스터라는 사실을 들킬 가능성은 어느 정도나 될까.

서장은 최악의 경우, 세이버가 아니라 자신을 처리하러 왔을 가능성을 고려하여 다음에 둘 한 수를 모색하려 했으나—.

어느새 로비 구석 쪽 기둥으로 이동해 있던 한자의 한마디가 다음 한 수를 대폭 제한시켰다.

"호오. 방금 그게 당신의 서번트인가 보지, 서장님?"

그는 담백하게 한마디를 내뱉었다.

그것이 어떠한 의미를 지니는지를 그 자리에서 이해한 서장은 치를 떨며 한자를 노려보았다.

"네놈…, 감독관의 영역을 넘어서는 짓 아니냐….."

"교회의 감독관은 필요 없다며?"

한자는 짓궂은 미소를 지으며 팔짱을 낀 채 기둥에 기대었다.

앞으로 무슨 일이 일어나건 자신은 한낱 방관자에 불과하다고 주장하듯.

"힘없는 일반시민을 협박한 권력자에 대한 조촐한 저항 같은 거야."

─이교도의 사제인가.

저것이 성배의 존재를 확인하러 온 감독관이라면 어새신에게는 경계해야 할 대상이다.

하지만 정말로 성배의 진위를 확인한다는 목적만으로 파견된 중립적인 존재라면 그는 도시에 있는 평범한 이교도들과 다를 바가 없었고, 목숨을 앗아야 할 대상이 아니다.

하지만 그 감독관이 '당신의 서번트인가 보지?'라는 말을 건넨 '서장'인지 하는 자는 못 본 체할 수 없다.

헌정憲政에 밝지 않은 그녀라도 경찰서에 펼쳐진 몇 겹이나 되는 결계, 그리고 애초부터 예상은 했으나 높은 지위에 있는 인간이 마스터라는 점을 통해 간단히 추측할 수 있었다.

이 경찰서의 '서장'으로 보이는 남자는 아마도 이 성배전쟁의 근간에 관계된 인간이리라는 사실을.

그녀의 마음속에서 우선도가 조정되어 현시점에서의 최우선 타깃이 '오페라하우스의 기사'에서 눈앞에 있는 '경찰서장'으로 변경되었다.

우선은 붙잡아서 이 성배전쟁을 준비한 흑막들의 정보를 끌어내야 한다.

처단은 그다음 일이라 결의한 그녀는 3층 통로 부분, 복도에서 사각이 되는 부분에서 실체화하여 서장을 조준했다.

그대로 마술사를 붙잡는 데 가장 적합한 보구의 사용 태세로 이행했다.

이 시점에서는 아직, 그녀는 적을 서장 한 명이라 생각하고 있었다.

다음 순간, 흉악한 마력을 띤 화살이 그녀의 몸을 향해 날아들기 전까지는.

"…큭!"

완전히 사각에서 발사된 한 발의 화살.

어둠 속을 내달리기 위해 익힌 예민한 감각이 아니었다면 직격할 때까지 공격당했다는 사실도 알아채지 못했으리라.

공간 안의 마력의 웅성임과 시위를 당기는 듯한 바스락 소리를 감지하고는 순간적으로 자신을 노리고 있다는 사실을 알아챈 것이다.

여자 어새신은 자신의 심장을 향해 날아오던 화살을, 믿기지 않는 각도로 관절을 구부리고 몸을 비틀어 피했다.

피한 화살은 그대로 통로를 직진하여―사수가 봤을 때 가장 안쪽에 있는 벽에 꽂혔다.

그와 동시에 어마어마한 파괴가 일어났다.

벽이 폭발하더니 철근콘크리트에 뚫린 구멍으로 그 안쪽에 있는 방이 고개를 내밀었다.

어떠한 원리로 벽을 폭발시켰는지는 알 수 없었다.

단 한 가지 분명한 것이 있다면―.

그것이 인간, 혹은 평범한 영령을 처리하기에 충분한 위력이 있는 일격이라는 것이었다.

×   ×

독방.

"…뭐야, 방금 그 소리?"

멀리서, 하지만 분명 같은 건물 안에서 들려온 것으로 예상되는 파괴음.

아야카는 미세하게 바닥이 진동하고 있는 것도 느끼며 어둠 속에서 불안한 투로 말했다.

"혹시 당신을 노리고 누군가가 온 거 아냐?"

"그럴 가능성도 있지."

세이버가 그렇게 말함과 동시에 주변에 옅은 불빛이 밝혀졌다.

반딧불처럼 부드러운 빛이 독방 안에 가득 차, 멍하니 있던 아야카의 얼굴을 비추었다.

유리구슬 정도 되는 크기의 물구슬이 공중에 떠 있고, 거기서 직접 빛이 배어 나오고 있었다.

"당신, 마법도 쓸 줄 알아…?"

"마법이 아냐, 마술이지."

"무슨 차인지 잘 모르겠는데."

"때와 수단이 갖춰지면 사람의 손으로 할 수 있는 일을 재현하는 것이 마술. 현대인의 손으로는 결코 도달할 수 없는 기적을 일으키는 것이 마법…이라는군. 나도 마술사가 아니라 자세히는 모르겠지만 과학이 진보함에 따라 마법 중 대부분은 마술로 변화한 모양이야."

남의 일이라는 듯 말하는 세이버의 말에 아야카는 빛을 내뿜는 물구슬을 보며 고개를 갸웃했다.

그러자 세이버는 다소 겸연쩍은 듯 고개를 가로저었다.

"애초에 이건 내가 한 게 아니기도 하고…."

"……? 그게 무슨…."

아야카가 의문을 입에 담기도 전에 세이버의 모습이 불현듯 사라졌다.

"아, 잠깐…."

빛나는 물구슬과 함께 독방에 남겨진 아야카는 한숨을 푹 쉬며 다시 침대에 누웠다.

그러다 몇 초도 되지 않아 다시 몸을 일으키게 되었다.

독방 문이 덜컥 열리더니 거기서 세이버가 평범하게 고개를 들이밀었기 때문이다.

그는 손에 든 열쇠 뭉치를 짤랑거리며 싱긋 웃었다.

"몰래 열쇠를 빌려 왔어."

"빌려 왔다니…."

"탈옥이라. 후후, 뭔가 가슴이 설레는군!"

"기사의 명예는 어디 두고 온 거야?"

아야카가 어이가 없다는 듯 말하자 세이버는 즐거운 듯 눈빛을 빛내며 단언했다.

"물론 가극장을 파괴한 것에 대한 변상은 할 거야. 동틀 때까지 이곳 관리들에게 연금되어 있겠다는 약속을 깰 생각도 없어. 하지만 그 전에 너를 안전한 장소로 내보내려고."

"…이 독방이 가장 안전할 가능성은?"

"글쎄. 이 경찰서는 이상해. 여기저기에 결계가 쳐져 있는 모양이야."

세이버가 누군가에게 전해들은 듯한 투로 말하자 아야카는 눈살을 찌푸렸다.

"있는 모양이라니… 누구한테 들었는데?"

그러자 세이버는 대담한 미소를 지으며 독방 문을 열었다.

밖에는 간수들의 기척도 없어, 다른 독방에 갇힌 수감자들이

웅성대는 소리며 항의 섞인 고함소리만이 들려왔다.

세이버는 아야카의 손을 잡아끌고 빛나는 물구슬을 전방에 띄운 채 독방 구획의 밖으로 걸어 나갔다.

"뭐, 그런 게 좀 있어."

"어떻게 된 일인지는 모르겠지만… 결계라니, 무슨 소리야? 이 경찰서에 마술사가 있어?"

"그게 문제가 아니라 건물 구조 자체가 결계 같은 것인 모양이야. 최악의 경우 이 건물에 있는 모두가 마술사일 가능성도 있다고 생각했는데, 좀 전에 취조를 받아 보니 그렇지는 않은 것 같아."

그리고 다소 진지한 표정을 짓고서 아야카에게 말했다.

"하지만 이 경찰서가 마술사를 위해 만들어졌다는 건 분명해. 만약 그 동기가 성배전쟁에 관한 것이라면 이 트러블은 그다지 좋은 상황이 아냐."

"어째서?"

"처음에는 나와 네게 협력을 제의할 생각이었거나 정보를 캐낼 셈이었을지도 모르지만…. 방금 전의 진동이 다른 서번트의 습격에 의한 것이라면 협력관계를 맺기 전인 네가 적으로 돌아서기 전에 처리하려 들지도 몰라. 그 근거도 있는 모양이야."

"근거라니?"

세이버는 아야카의 물음에 잠시 입을 다물더니 독방에서 약간 떨어진 곳에서 누군가에게 항의를 하듯 작은 소리로 혼잣말을 중얼거렸다.

"이것 봐…, 그런 건 미리 좀 말하라고. 알았으면 문을 베고 바로 나왔을 거 아냐."

"……? 누구랑 얘기하는 거야?"

"아, 미안. 혼잣말 같은 거라고 생각해 줘."

그는 가볍게 사과한 뒤, 아야카가 물은 '근거'에 관해 역시나 누군가에게 들은 듯한 투로 대답했다.

"방금 전까지 있던 독방 천장 말인데…. 공기의 조성을 조종해서 안에 있는 인간을 언제든 산소결핍으로 죽일 수 있는 술식이 걸려 있었던 모양이야."

×   ×

로비.

그녀는 몸을 피함과 동시에 그것을 발사한 자의 모습을 확인했다.

경관 제복을 몸에 걸친, 젊은 여성이었다.

그 등에는 제복과 전혀 어우러지지 않는 화살통을 짊어지고 있었으며, 통상장비인 권총이나 경봉이 아니라 자신의 키만한

137

장궁을 겨누고 있었다.

—보구!

—저 여자가… '저 남자'의 서번트.

한눈에 그 활이 '보구'라는 것을 알아본 여자 어새신은 '서장과 계약한 아처의 서번트가 경관 제복을 입고 경관들 틈에 숨어 있었다'라고 판단했다.

얼핏 보면 평범한 마술사 정도의 기척밖에 느껴지지 않았지만 영령인 것을 은폐하는 스킬을 지닌 것일지도 모른다. 영주를 지닌 정규 마스터가 보면 일목요연하겠지만 자신에게는 마술사인 마스터가 존재하지 않는지라 확인할 방도가 없었다.

그렇게 생각한 여자 어새신은 상대를 서번트라고 단정 짓고 그 즉시 반격 태세로 이행했다.

여자 어새신은 착지와 동시에 이동하기 위해 몸의 중심을 컨트롤했다.

그녀가 착지한 순간—.

신발창이 바닥에 마찰되는 희미한 소리가 그녀의 바로 옆에서 들려왔다.

"——!"

여자 어새신은 오한을 느끼고 활을 든 여자에게서 떨어지거나 접근하지 않고 온 힘을 다해 머리 위로 도약했다.

몸을 세로로 반 회전시켜 그대로 탁 트인 천장에 착지한 그녀의 눈에 비친 것은, 역시나 경관 제복을 걸친 흑인 남자가 나기나타 같은 형태의 무기를 옆으로 휘두르는 모습이었다.

만약 앞이나 뒤로 움직였다면 저 칼날에 맞았을 가능성도 있었다.

―저 칼도… 보구….

―어떻게 된 거지…?

그녀는 의아해 하면서도 그대로 천장을 박차고 나기나타를 든 남자를 걷어찼다.

"크억!"

그는 아슬아슬하게 나기나타의 자루로 막기는 했으나 그대로 통로 안쪽으로 날아갔다.

―반응이 약해.

―영령이 아닌 건가?

여자 어새신은 혼란스러워진 상태로 여성 경관의 활을 경계하며 다른 위치에 착지했으나―.

통로 끝으로 보이는 탁 트인 공간 너머의, 휴게실과 통하는 문.

그 앞에 내려선 순간―거대한 방패를 든 거한이 문을 세차게 박살 내며 돌진해 왔다.

"――!"

대형 방패로 자신의 온몸을 가린 채 포탄과도 같은 기세로 육박해 오는 거한.

하지만 여자 어새신이 위기감을 느낀 것은 그 2미터에 가까운 남자의 거대한 몸 때문이 아니라, 그와 동등하게 거대한 방패가 두르고 있던 마력의 밀도 때문이었다.

─역시, **이것도 보구…!**

그렇다면 단순한 돌진이라 생각하는 것은 위험한 일이다.

무언가 부수적인 효과가 있을 것이라 생각한 여자 어새신은 도약하여 탁 트인 로비 천장에 매달린 거대한 조명의 갓에 착지했다.

그리고 그녀는 상황을 정확히 인식했다.

3층과 2층 부분의 통로. 그리고 로비에 어느샌가 서른 명 전후의 경관들이 모여 있었다.

소동이 벌어졌음을 알아채고 모여든 경관들이 아니라는 것은 일목요연했다.

좌우간 그들의 손에는 여러 가지 형상의 무구가 쥐어져 있었고, 그것들은 하나의 예외도 없이 이상하리만치 농밀한 마력을 두르고 있었기 때문이다.

여러 가지 다른 마력의 파동이 배어 나와 방 전체의 공기를 일그러뜨렸다.

요컨대 그것은 하나의 사실을 가리키고 있었다.

그들이 지닌 서른 개 전후의 무기들.

그 모든 것들이 의심할 여지가 없는 보구라는, 성배전쟁의 개념을 뒤집을 수도 있는 사실을.

"…일반 직원은 뒷문으로 대피시켰습니다. 결계를 발동시켰으니 구경꾼들로부터 다소의 소동은 은폐할 수 있습니다."

비서가 그렇게 말함과 동시에 나중에 로비에 온 경관 중 한 명이 서장에게 긴 천 꾸러미를 건넸다.

서장은 그 안에서 자신을 위한 무기를 끄집어냈다.

그것은 검은 칠이 된 칼집에 든, 한 자루의 일본도였다.

"…일이 재미있게 되었군."

경관들이 시대착오적인 무구들을 장비하고 있는 광경을 본 한자가 휘익, 하고 신이 난 듯 휘파람을 불었다.

서장이 시선으로 지시를 하자 경관들 중 몇 명이 그 무기를 한자에게 겨눴다.

"목격한 이상 더더욱 네놈을 돌려보낼 수 없게 되었다. 우리가 녀석을 처리할 때까지 거기서 얌전히 있어 줘야겠다."

서장이 조명기구 위에서 이쪽 상황을 관찰하고 있는 검은 옷차림의 인물을 노려보며 담담히 말을 자아냈다.

"처리…? 저건 서번트잖아? 당신의 서번트는 어쩌고?"

한자의 물음에 서장은 간결하게 답했다.

"정보를 흘릴 생각은 없다. 하지만 저항할 생각이 사라지도록 보여 주마."

"뭘 말이지?"

"마술사의 꼴사나운 투쟁—."

서장은 작은 소리로 중얼거린 뒤, 조용히 숨을 들이쉬어 호흡과 체내 마력을 가다듬으며 또렷하게 말했다.

"상급 영령들을 쓰러뜨리기 위해 버려진, 외법外法 같은 무武의 힘을."

"……."

여자 어새신 역시 조명기구 위에서 아래를 바라보며 호흡을 가다듬고 있었다.

그녀는 분명 그 광경에 놀라기는 했다.

하지만 그녀의 마음을, 그 신앙을 초췌하게 하기에는 부족했다.

영령은 일곱, 내지는 여섯.

성배가 부여한 지식 중에서도 어째서인지 영령의 숫자에 대한 정보는 애매했다.

하지만 그녀는 애초부터 신경 쓰지 않았다.

설령 성배를 노리는 영령이 백이 되었건 천이 되었건 자신이 해야 할 일은 변함이 없다.

우연히 이곳에 서른 명 정도가 모여 있을 뿐이다.

―모두, 제거한다.

담담하게 결의함과 동시에 그녀는 작은 목소리로 중얼거렸다.

스스로의 의지로 짊어진 업業. 위대한 선도자에게서 빌린 힘의 이름을.

"…광상섬영狂想閃影─자바니야…."

찰나─그녀의 얼굴을 뒤덮은 후드의 틈새에서 검은 어둠이 퍼져 나갔다.

"…윽!"

서장은 어새신으로 보이는 영령에게서 뻗어 나온 '어둠'이 자신에게 다가오는 것을 보고 즉시 그 자리에서 펄쩍 뛰어 물러났다.

간발의 차이였다.

서장이 서 있던 곳에 '어둠'이 도달하더니 대리석 바닥을 치즈처럼 도려내었다.

어둠은 검은 옷차림을 한 어새신의 머리를 중심으로 로비 곳곳에 퍼져 있었다.

각종 '보구'를 든 경관들도 느닷없는 공격을 피하는 게 고작이었다.

그때, 서장의 옆에 있던 경관 중 한 명이 그 '어둠'에 팔을 베였다.

"크악…!"

'어둠'은 촉수처럼 남자의 팔에 엉겨 붙더니 그대로 온몸을 들어 올리려 했다.

"……."

서장이 말없이 도약하여 순식간에 칼을 뽑았다.

매끄러운 광채를 띤 도신이 공기를 가르는 예리한 소리와 함께 허공을 갈라, 그대로 부하의 팔로 뻗은 어둠을 양단했다.

또렷한 손맛이 느껴짐과 동시에 '어둠'이 절단되어 그 자리에 하늘하늘 떨어졌다.

지면에 착지한 부하의 옆에 떨어진 그것을 본 서장은 '어둠'의 정체를 알아챘다.

—이건… 머리카락인가…?!"

자신의 머리카락 그 자체를 폭발적으로 팽창시켜 자신의 손발 이상으로 자유자재로 다루는 마기魔技.

서장은 그렇게 판단하려다 패여 있는 바닥을 보고 생각을 약간 수정했다.

—아니, 이건 이미 머리카락이 아니야. 머리카락을 칼날의 영역까지 변질시켰군.

—과연, 이게 녀석의 보구인가.

"…마치 그리스 신화의 메두사 같군."

하지만 정체를 알았으니 대응 못 할 것도 없었다.

일대일 승부라면, 혹은 이곳에 모인 것이 평범한 경관이었다면 이쪽의 움직임은 완전히 봉인되었을지도 모른다.

하지만 현재 이 자리에 있는 것은 보구의 가호를 받아, 영령을 도륙할 목적으로 단련을 한 자들이었다.

어새신과의 '정면충돌'에서 질 정도라면 영웅왕이나 아직 보지 못한 기병―라이더, 그리고 오늘 현현한 세이버와 같은 상급 클래스의 서번트와의 대결은 꿈도 못 꾸리라.

"과연, 시금석 삼기에는 최고의 상대로군."

서장은 다시금 어새신을 바라보고는 주변에 있는 부하들에게 늠름한 목소리로 지시를 내렸다.

"두려워하지 마라. 로비를 파괴해도 좋다. 어떻게든 녀석을 제압해라."

그리고 서장은 오른손에 칼을 쥔 채 왼손으로는 품에서 총을 꺼냈다.

"자네들이 파괴하기 전에 나는 이 구획을 **전부 쓰겠다**."

통상 탄두 대신 특정한 주문의 '기동식'이 되는 탄환이 장전된 주구를.

서장은 공격 태세로 전환할 신호라도 되는 양 그 총을 천장을 향해 발사했다.

어새신을 향해서가 아니었다.

그 주변의 천장에 장치해 뒀던 올란도 리브의 '경찰서―마술 공방'의 함정을 기동시키기 위해.

장치된 마술이 발동되자 경찰서 로비의 결계가 일시적으로 강해져, 마치 이계異界가 된 듯 외부로부터 단절되었다.

이 안에서 전차가 포격을 가한들 외부에는 아무 소리도 흘러나가지 않을 것이다.

동시에 어새신의 주변에 몇 마리의 마수魔獸와 수십 마리의 악령이 소환되어, 명확한 적의를 띤 채 서장이 지정한 '침입자'에게 덤벼들었다.

—저 신부도 공격대상으로 삼아야 하나.

서장은 그렇게 생각하며 로비 구석으로 흘끔 시선을 돌렸다.

그러자 안대를 한 신부가 상황을 개의치 않고 걸어가 접수처 위에 있던 커피메이커에서 커피를 종이컵에 따르고 있는 모습이 보였다.

—에에잇, 녀석은 나중으로 미뤄 둬야겠군.

넌더리가 난다는 듯 혀를 찬 뒤, 서장은 다시금 천장 근처에서 머리카락으로 된 촉수를 내지르는 어새신에게로 시선을 돌렸다.

소환된 악령이 공중을 날고, 소환된 표범 같은 마수가 천장을 거꾸로 걸어 어새신을 포위했다.

일제히 덤벼드는 타이밍에 사거리가 긴 보구를 든 자들이 악령과 마수와 함께 꿰뚫을 것이다.

억지스럽기는 하지만 영령에게 이쪽의 공격이 통하는지 어떤지를 헤아리기에는 충분하리라.

그리고 서장이 사역마를 조종하는 주문을 짤막하게 영창함과 동시에—악령들이 일제히 어새신에게 덤벼들었다.

경관들이 일제히 저마다의 보구를 겨누었다.

그 순간—.

"…몽상수액夢想髓液— 자바니야…."

복도에 있던 그 누구도 검은 옷차림을 한 암살자가 작게 중얼거리는 소리를 듣지 못했다.

직후, 어새신의 목에서 흘러나온 '노랫소리'를 들을 수 있었던 것도 단 한 사람밖에 존재하지 않았다.

"…우옷?! 뭐지?"

정전된 탓에 미지근해진 커피를 입으로 옮기려던 참에 한자는 엉겁결에 컵을 떨어뜨릴 뻔했다.

그대로 귀를 막은 채 '소리'의 발생원을 바라보았다.

그러자 사방으로 뻗었던 머리카락 틈새로 영령이 노래를 하고 있는 모습이 보였다.

한자는 눈을 가늘게 뜨며 냉정하게 그 '소리'를 분석했다.

"이건…. 평범한 녀석에게는 안 들릴 음역대인데?"

그가 말한 대로 서장을 비롯한 자들에게 그 소리는 들리지 않았다.

하지만 어새신의 노랫소리는 분명 그들의 몸에도 울려 퍼졌다.

그리고 그 결과만이 그들의 눈에 보이기 시작했다.

"큭…?"

서장은 자신의 마술회로가 심상치 않은 열을 내뿜고 있는 것을 알아챘다.

동시에 술에 취한 듯 주변의 풍경이 돌기 시작했다.

―뭐지? 무슨 짓을 당한 거지?

그것을 채 확인하기도 전에 변화한 상황이 서장 일행을 덮쳤다.

"뭣…!"

경관 중 한 명이 마수의 습격을 받아 손에 들고 있던 곡도曲刀로 그 이빨을 막아 내고 있었다.

한 마리뿐만이 아니었다. 어새신을 공격하도록 명령했을 터인 악령과 마수가 저마다 폭주한 듯 주변에 있는 경관들을 덮치기 시작한 것이다.

그뿐만이 아니었다. 다른 경관들도 모두 자신과 마찬가지로 현기증 비슷한 감각을 느꼈는지 걸음걸이가 어쩐지 불안해 보였다.

"이건… 마술회로를 폭주시킨 건가…?!"

경찰서장은 비틀거리는 몸으로 자신의 사역마인 마수를 베어 넘겼다.

사역마에게 지시를 내린 정도로 이 지경이 되었다. 만약 공격적인 마술을 행사하려 했다면 그대로 마력이 폭주해 자신의 몸을 파괴했을지도 모른다.

―마술사가 아닌 자에게도 뇌에 직접 모종의 영향을 주는 것

149

일지도 모른다.

술에 취한 듯한 상태가 된 이유는 마술회로와는 상관이 없을 가능성도 있었다. 무언가가 뇌를 직접 흔들어 놓았을 가능성도 있었지만, 적어도 머리카락을 뻗는 기술과는 전혀 상관이 없어 보였다.

─어리석었군.

─보구라 부를 수 있는 암살의 기술을, 혼자서 두 개 가지고 있었다는 뜻인가.

여자 어새신은 경관들에게 생긴 빈틈을 찔러 조명기구 위에서 도약했다.

동시에 로비 안에 뻗어 있던 머리카락이 수습되기 시작하더니, 머리를 뒤덮은 검은 옷 속으로 빨려 들어갔다.

기둥에서 기둥으로, 중력을 무시하듯 연신 도약하는 검은 옷차림의 인물.

그것은 그녀가 오페라하우스에서 보였던 것과 같은 동작으로, 보는 자로 하여금 '무수하게 분열한 건가' 하는 착각을 불러일으켰다.

그리고 역시나 오페라하우스 때와 마찬가지로─.

경관들의 중심인물로 보이는 남자의 후방에서, 포탄 같은 기세로 뛰쳐나왔다.

"서장님! 뒤쪽입니다!"

"———!"

서장은 부하의 외침에 반응하여 세차게 몸을 돌렸다.

아슬아슬하게 자신에게 육박해 온 손을 피하는 서장.

그러자 암살자의 손이 서장 앞에 있던 폭주 마수의 머리에 닿더니―.

"공상전뇌空想電腦―자바니야…."

영령이 중얼거림과 동시에 마수의 머리가 폭발했다.

"…큭!"

―방금 전 것도… 보구의 힘인가?

―대체 몇 개를….

마음속으로 신음했지만 냉정하게 생각할 여유는 주지 않을 모양이었다.

암살자는 그 폭발의 기세를 이용해 몸을 돌리더니 등에서 솟구친 이상하리만치 긴 팔을 서장에게로 뻗었다.

"망상심음妄想心音―자바니야…."

"우윽!"

상대의 긴 팔을 본 서장은 물러서도 따라잡힐 것이라 판단했다.

―그렇다면… 베고 빠져나갈 뿐이다!

서장은 즉시 그렇게 판단하고 일본도를 뽑았다.

칼날이 비뚤비뚤한 긴 팔을 갈랐지만―그래도 어새신은 멈추지 않았다.

팔에 칼날이 박혔음에도 불구하고 서장의 몸을 향해 손을 뻗었다.

서장의 가슴에 손가락이 닿으려던 찰나ㅡ.

요란한 총성이 울려 퍼지더니 암살자의 몸이 그 자리에서 날아갔다.

"…무사하십니까, 서장님."

서장이 시선을 돌려 보니 거기에는 대형 리볼버를 겨눈 여비서가 서 있었다.

아무리 봐도 경관의 지급품이 아닌 물건으로, 영령을 날려 버렸다는 사실로 미루어 그것 역시 '보구' 중 하나인 모양이었다.

아무리 보아도 근대 무기가 분명해 보였지만 그 총에서는 마치 신대의 시대부터 존재하기라도 한 듯한 짙은 마력이 배어 나오고 있었다.

그러한 물건에서 발사된 총탄이 직격한 것이다.

아무리 영령이라도 무사하지는 못할 것이라 생각하던 경관들은ㅡ.

벌떡 일어난 검은 옷차림의 암살자를 보고는 모두가 다시 경계 태세를 취했다.

떨어져서 대치한 채 서장이 적대 영령에게 말을 붙였다.

"놀라운걸. 자네의 마스터는 보구를 아껴 둘 생각이 없는 것 같군. 조금 전에 연속 사용한 것으로 보아 상당한 마력량을 지닌 마술사인 모양이야. 마스터에게 전하도록. 길가메시를 쓰러뜨리기 위해 공동전선을 펼칠 생각은 없느냐고."

부질없는 짓이리라 생각하면서도 서장은 상대의 성격 등을 파악하기 위해 일부러 협력을 제의해 보기로 했다. 성립은 되지 않을 테지만 이 영령과 마스터의 관계성을 알아내는 것은 상황을 타파하기 위한 힌트가 될지도 모른다고 생각한 것이다.

"어제 사막에서 전투가 벌어졌던 건 감지했겠지? 그 규격에서 벗어난 녀석들을 제거하는 것이야말로 우리의 공통된 전략이라고 생각하지 않나? 마스터에게 그리 물어보도록."

하지만 어새신에게서 돌아온 것은 서장으로서도 예상치 못한 대답이었다.

"…내게 마스터 따위는 없다."

검은 옷 아래서 들려온 것은 젊은 여성의 목소리였다.

서장은 조금 전에 보구의 이름 같은 것을 중얼거리는 소리를 들어 알고 있었지만, 경관들 중에서는 의외인지 눈이 휘둥그레진 자도 있었다.

"마술사를 따를 생각은 없다. 성배도 바라지 않는다."

"뭐라고?"

검은 눈동자에 명확한 각오의 빛이 서린 여자 어새신은 의아해 하는 서장에게 말했다.

"위대한 선도자들을 현혹시킨, 이 성배전쟁 그 자체를 박살

낼 것이다."

여자 어새신은 그렇게 단언하며 주변을 둘러싼 적 집단에 대한 경계도를 더욱 끌어올렸다.

자신의 피부를 '마경魔境의 수정'처럼 경질화시키는 '단상체온斷想體溫―자바니야' 덕에 총탄에 의한 직접적인 대미지는 없었다. 하지만 보구의 효과인지 타격 부위를 통해 흘러든 힘이 마력을 급속하게 체외로 배출시키고 있었다.

만약 중상을 입거나 총탄이 체내에 박힐 경우, 어지간한 영령이라면 그 자리에서 마력이 고갈되어 버리리라.

―이 녀석들은….

―전투 중에 몸을 보구에 적응시키고 있다.

그녀는 불과 몇 분에 걸친 전투 속에서 확신했다.

지금, 자신과 싸우고 있는 것은 영령이 아니라 인간이다.

하지만 보구는 의심할 여지가 없는 진짜다.

어째서 인간이 보구를 다룰 수 있는 것인지는 알 수 없었지만, 그들은 아직 보구를 사용한 실전에 익숙지 않은 듯했다.

하지만 이 짧은 전투 중에도 그들이 자신의 손에 있는 보구에 적응해 가고 있다는 것이 느껴졌다.

싸우면 싸울수록 보구의 힘을 끌어낼 수 있게 되리라.

근접무기만 보아도 하나하나의 참격과 타격의 위력이 올라가기 시작했고 개중에는 '칼날에서 불꽃을 내뿜는' 등, 평범한 무구로는 불가능한 특수효과를 발생시키는 자들까지 나타나기 시작했다.

—오래 싸울 수는 없어.

상대의 교섭에 응할 이유 따위는 없었다.

그대로, 이 상태에서 가장 유효한 선도자들의 기술은 무엇일까 생각했다.

더 이상 상대의 말에 귀를 기울일 필요는 없었다.

그렇게 생각했으나—.

"말도 안 되는 소리 마라. 단독행동 스킬을 지닌 아처라면 모를까, 마스터 없이 방금 전처럼 싸웠다면 자네는 진작 소멸했을 거다."

"……."

적 집단의 리더로 보이는 남자의 말이 아주 조금 마음에 걸렸다.

확실히 스스로도 이상하다고는 생각했다.

자신은 휴식을 취하기는커녕 영체화도 거의 하지 않고 이틀 내내 도시를 뛰어다녔다.

그럼에도 아직 소멸하지 않은 것은, 아직 마력이 충만한 것은—자신이 미숙하여 보구인 기술에 효율적으로 마력을 싣지 못한 탓이라고 생각하고 있었다.

—아니.

—지금은 그런 건 아무래도 좋아.

―우선은 눈앞에 있는 적을….

여자 어새신은 의문을 강제적으로 마음 한구석으로 몰아내고서 다시금 마음을 전투에 특화시키고자 했다.

하지만 그녀의 의문은 그 직후에 답을 얻게 되었다.

그녀에게 있어서는 최악에 가까운 답이기는 했지만.

"이야, 좋군. 좋아! 제법 내 취향에 맞는 진흙탕 싸움이야!"

느닷없이 박수소리가 울려 퍼지더니 묘하게 신이 난 듯한 목소리가 로비 내에 메아리쳤다.

묘하게 박력 있고 질척대는 듯한 그 목소리에 듣는 이는 다소 숨이 막히는 듯한 느낌을 받았다.

게다가 박수소리 역시 한 번 한 번이 마치 멀리서 들려오는 스나이퍼 라이플의 저격음 같은 불길한 긴장감을 띠고 있었다.

"누구냐?"

서장은 주변을 보며 물음을 던졌으나 목소리의 주인은 보이지 않았다.

아니, 목소리는 오히려 결계 밖―경찰서 주차장이 있는 방향에서 들려온 듯한 기분이 들었다.

하지만 현재, 로비는 외부와 격리된 상태다.

경관들은 그럴 리가 없다고 생각하면서도 저도 모르게 정면 현관을 쳐다보았다.

그러자 그러기를 기다렸다는 듯 결계에 이상이 생겼다.

결계의 영향으로 완전한 어둠에 잠겼던 정면 현관문. 그 칠흑 같은 어둠을 비춘 유리 부분을 누군가의 둘째손가락이 세로로 스윽 훑더니—.

그 갈라진 틈새를 벌리듯 한 청년이 문에서 모습을 나타냈다.

"밖에서 관찰하고 있었는데, 근사하군. 실로 근사한 싸움이었어."

청년이 즐거운 듯 박수를 치며 말하자 경관들은 얼굴을 마주 보았다.

그런 부하들을 대표하는 모양새로 서장이 다시 한 번 같은 물음을 던졌다.

"…누구냐?"

하지만 청년은 그런 서장의 말을 무시하고 낭랑히 자신이 하고 싶은 말만을 이어 갔다.

"이것 참. 훌륭하군, 훌륭해. 무슨 요술로 보구의 힘을 해방한 것인지는 모르겠지만 설마 인간의 몸으로 영령에게 도전할 줄이야! 정말이지 분수도 모르는 것들이라고 생각했지만 아니었군. 제법 괜찮은 승부가 될 것 같군그래!"

청년은 키득키득 웃으며 두 팔을 펼친 채 로비 중앙으로 걸어가기 시작했다.

"어둠 속에서 사는 기술을 지녔으면서도 정면으로 도전하는 어리석고도 사랑스러운 영령에, 자신들의 영령을 후방에 둔 채 스스로 전선에 서는 혈기왕성한 마술사라. 제법 재미있는 구경거리야."

"……."

상대의 정체를 알 수가 없어 서장은 말없이 상대를 관찰했다.

마스터로서 얻을 수 있는 시각정보가 전혀 들어오지 않는 것으로 보아 이 남자가 영령이 아니라는 것은 분명했다.

그렇다면 어새신의 마스터일까도 싶었지만 당사자인 어새신이 당황한 듯 남자와 거리를 벌리고 있었다.

─그렇다면, 다른 영령의 마스터인가?

어느 쪽이 되었건 간단히 결계를 찢고 들어온 것으로 보아 여간내기는 아닐 것이다.

서장은 계속해서 경계하며 정보를 캐내기 위해 그 말을 계속 듣기로 했다.

물론 말 속에 언령이나 주문 같은 것이 섞여 있지 않은지를 경계하며.

그런 주변의 긴박한 분위기는 안중에도 없는지 청년은 야구 시합을 관전하고 있는 경박한 관중처럼 자신의 견해를 떠벌리기 시작했다.

"글쎄. 내가 보기에는 이대로 계속하면 그대들이 7할 정도 그녀에게 참살당하고 남은 인원이 보구를 완전히 자기 몸의 일부로 받아들여 각성할 것 같군. 그렇게 되면 승산은 반반. 그녀가 지닌 보구의 성질을 정확히 꿰뚫어 볼 수 있는 마술사가 한 명이라도 남는다면 경관 제군들에게도 승산이 생기려나."

청년은 멋대로 전투의 흐름을 예상하더니 말을 이었다.

"이야, 기대되는군. 새로운 전력을 보충하고 이 전투에서의 경험을 살린다면, 그야말로 세이버와 아처 같은 전투광 클래스와 정면으로 싸울 수 있을지도 모르겠는걸."

적어도 아군은 아닌 듯했지만 적인지 아닌지는 알 수가 없었다.

팔데우스와 프란체스카의 동료가 아닐까.

서장은 그러한 의문을 품었지만 그것이 경계를 풀 이유가 되지는 못했다.

경관 중 한 명이 주저주저 청년에게 다가가 상대의 움직임을 봉하고자 단도 형태의 보구를 겨누었다.

그 순간―.

"하지만."

청년이 단도를 겨눈 경관의 손목을 왼팔로 가볍게 떨쳐 냈다.

썩둑. 불길한 소리가 울린 직후―서장은 이상한 광경을 목격했다.

떨쳐진 청년의 손목 앞쪽이 짐승에게 물려 뜯겨 나간 듯 소실되어 있었다.

"무…슨…?"

멍한 얼굴로 피가 솟구치는 자신의 손목을 쳐다보는 경관.

"곤란하거든. 그렇게 좋은 승부 끝에 납득할 만한 모양새로 죽으면."

여전히 미소를 짓고 있는 청년의 손에는 뜯겨 나간 경관의 손목이 쥐어져 있었다.

그제야 경관은 자신의 몸에 일어난 일을 인식하는 동시에 '고통'을 감지했다.

다소 늦게 로비 안에 경관의 절규가 울려 퍼졌다.

"…악…아아아아악…아아아아아아아아아아아아아아!"

"하하! 좋은 비명이군! 하지만 다소 평범한걸. 왼손을 마저 뜯어내면 더 재미있게 아파할 테냐?"

"거기까지다!"

손목을 움켜쥔 채 무릎을 꿇은 부하를 본 서장은 그 즉시 총을 발사했다.

조금 전 천장에 발사했던 것과 같은, 주변의 마력으로며 함정을 기동시키는 특수탄두였다.

"제2반까지는 남자를 포위해라! 나머지는 영령에게서 눈을 떼지 마라!"

서장이 호령을 내림과 동시에 바닥에 설치되었던 마술진에서 무수한 악령과 마수가 생겨났다.

하지만 그 사역마들이 기이한 소리를 지르며 청년에게 덤벼

든 순간—.

"그것 참 시끄럽군. 기분 나쁘게."

청년은 미소를 띤 채 가벼운 투로 그렇게 중얼거리더니 오른쪽 손바닥을 위에서 아래로 휘익 휘둘렀다.

그 동작에 맞춰 로비에 생겨난 모든 사역마들이 보이지 않는 무언가에 짓눌려, 물풍선이 터지듯 바닥에서 터져 나갔다.

"뭣…."

서장을 비롯해 그 자리에 있던 경관들이 할 말을 잃었다.

모종의 공격계 마술을 행사한 낌새는 없었다.

마치 남자가 뿜어낸 뒤틀린 압력이 사역마들의 존재 그 자체를 부정한 것만 같았다.

실제로 남자가 내뿜고 있는 기척은 경관들의 피부를 이유 모를 공포로 떨게 하고 있었다.

그저 그곳에 서 있는 것만으로.

남자는 왼손에 쥐고 있던 경관의 잘린 손을 가볍게 움켜쥐었다.

그러자 그 손목이 순간적으로 미라처럼 오므라드는가 싶더니—모래처럼 무너져 내려 흔적도 없이 사라져 버렸다.

그러고서 손이 쥐고 있던 대거dagger를 집어 든 청년은 그대로 대거를 입가로 가져가 쿠키처럼 깨물어 씹더니 그대로 파편을 자신의 목구멍 안으로 삼키는 것이 아닌가.

"흠, 이 감촉. 보구라 부르기에 마땅한 일품이로군. 인간에게는 과분한 장난감이야."

믿기 힘든 광경을 본 경관들은 확신했다.

이 남자는, 인간이 아니다.

영령도 아니다.

훨씬 이질적인 차원에 있는 '무언가'다.

쥐 죽은 듯 조용해진 로비에서 남자는 정적에 감사하듯 두 팔을 펼쳤다. 그러고는 당황한 검은 옷차림의 어새신에게 정중한 태도로 무릎을 꿇었다.

"자기소개가 늦었군, 나의 사랑스러운 그대여."

"……?"

검은 옷차림의 어새신은 검은 옷 속에서 당황한 듯 눈살을 찌푸렸다.

"내 이름은 제스터 카르투레. 마스터로서 그대의 모든 것을 긍정하고…."

마스터라는 단어가 언급되자 주변에 있던 인간들이 더욱 긴장했다.

제스터라 이름을 밝힌 청년은 그대로 흉악한 미소를 얼굴에 딱 붙인 채 어새신의 온몸을 혀로 훑듯 노려보았다.

"인간이 아닌 사도로서 그대의 모든 것을 빼앗을 자다."

사도死徒.

그 단어를 들은 여자 어새신은 온몸이 바르르 떨리는 것을 느꼈다.

흡혈종이라 불리는 이형異形의 존재에 대한 공포는 아니었다.

자신이 놓인 상황에 대한 최악의 상상을 하고 말았기 때문이다.

─공연히 죽음을 옮기는 자.

─인간을 구축驅逐하는, 파괴의 사자.

그녀는 생전에 직접 '사도'와 만난 적은 없었지만 그 일화는 전해 들었다.

이교도와의 커다란 전쟁이 일어날 때마다 그 전장에 나타나서는, 진영을 가리지 않고 포학의 바람을 흩뿌리는 무시무시한 괴물.

첫 번째 대전 때는 몸에 무수한 짐승이 돋아난 괴물이 사막을 피로 물들였다고 한다.

두 번째에는 첫 번째와는 다른 여러 괴물이 나타나, 사흘 낮밤을 날뛴 뒤에야 사라졌다.

세 번째 전쟁 때는 또 다른 괴물이 나타났으나─이 괴물은 양쪽 진영의 용맹한 장군들의 손에 토벌되었다고 한다.

그때 왔던 괴물이 약했던 것인지, 아니면 역사에 이름을 남긴 장군들이 그야말로 괴물을 초월하는 영웅이었는지는 알 수 없었다.

하지만 한 가지 분명한 것이 있다면 그 괴물은 모두 다, 인간이라는 존재 그 자체에 해를 끼치는 살육의 사자였다는 것 뿐이다.

그리고 그 괴물은 '사도死徒'라 불렸다고 한다.

스스로 그 이형의 존재임을 밝힌 남자는, 또 뭐라고 했던가?

―나의… 마스터…?

바늘 같은 냉기가 등뼈를 타고 흘러 끼긱끼긱, 여자 어새신의 마음을 삐걱대게 했다.

―말도 안 돼, 마스터는… 처리했을 텐데….

그런 그녀의 마음을 꿰뚫어 본 듯 제스터 카르투레라 이름을 밝힌 남자는 황홀한 표정으로 자기 자신의 가슴께를 쓰다듬었다.

"가열한 입맞춤 같았던 그 손바닥의 감촉을, 나는 잊지 못하겠지. 그야말로 심장을 빼앗긴 셈이니까. 한 번 죽은 충격으로 얼굴까지 바뀌어 버렸어."

"…큭."

제스터의 말로 그녀는 확신했다.

이 남자는 자신이 죽였던 남자가 틀림없다고.

―내가 아직 존재하고 있는 것은…?

―이 괴물에게… 마력을 공급받고 있어서…?

견딜 수 없는 혐오감이 그녀의 온몸을 타고 퍼졌다.

피 한 방울 남기지 않고 독이 든 진흙탕으로 더럽혀진 듯한 기분이었다.

사람이 아닌 것.

게다가 몇 마디 되지 않는 언동만 들어도 알 수 있었다. 이 남자는 모든 인류에 있어 명백하게 유해한 존재라는 것을.

그런 존재의 마력이 자신에게 흘러들고 있다는 사실을 그녀는 용납할 수가 없었다.

사도의 목줄에 매여 있다는 사실도 알아채지 못한 미숙한 자신이 미워서 견딜 수가 없었다.

그녀는 하다못해 그 부정을 자신의 손으로 씻어 내고자 무심결에 발을 내딛었다.

눈앞에 있는 괴물을 없애, 자신의 부정을 정화하고자.

자신의 몸을 없애 버리고 싶다는 충동에 사로잡히기도 했지만 그것은 자신의 신앙이 허락하지 않았다. 그녀는 그런 생각을 하고 만 것 자체가 미숙함의 증거라는 생각에 수치스러워하며 온 힘을 다해 눈앞에 있는 '적'을 제거하려 했다.

하지만—.

"…영주로써 명한다. 이 도시에서 최대한 먼 곳으로 전이轉移하라."

제스터가 웃으며 그렇게 말함과 동시에 여자 어새신의 몸이

빛을 내뿜었다.

"…윽!"

여자 어새신이 뭐라 외치기도 전에 빛이 그녀의 온몸을 감싸더니ㅡ.

그대로 그녀의 모습이 이곳이 아닌 어딘가로 사라져 버렸다.

그리고 제스터는 남겨진 경관들을 둘러보고는 어깨를 으쓱하며 선언했다.

"배턴 터치다. 나도 성배가 필요해서 말이지. 요컨대 뭐, 그 뭣이냐….."

"냉큼 뒈져 주면 안 되겠나, 피 주머니들?"

×   ×

시내 모처.

"사도… 사도가 왔나! 흡혈귀라! 진짜로?!"

컴퓨터 화면에서 흘러나온 소리를 들은 캐스터는 놀란 듯 손뼉을 쳤다.

경관 중 몇 명의 보구에는 통신 시스템이 내장되어 있었다.

본래 마술사가 아닌 자신에게는 임시변통 같은 짓이었지만 자신의 '보구개변' 능력에 덧붙이는 모양새로 간신히 성과를 거뒀다.

통신이 아니라 도청이라 해야 할 물건이었지만 캐스터는 그것을 애프터서비스의 일환이라 생각하며 별다른 죄책감 없이 쓰고 있었다.

"이거 일이 점점 더 재미있게 돌아가는군. 하지만 희곡으로 쓰기에는 황당무계한 요소가 살짝 많은 것 같은데? 뭐, 아무렴 어때. 나는 이번에는 야유를 날릴 뿐인 관객이니까."

그런 소리를 하고는 다소 복잡한 표정으로 중얼거렸다.

"그나저나 형씨네는 살짝 위험하겠는걸."

한숨을 내쉬는 캐스터의 뇌리에 생전의 기억이 떠올랐다.

×　　　×

19세기 전반. 파리.

젊은 날의 캐스터가 막 파리에 왔을 무렵.

그가 본고장인 파리의 연극을 보고자 생마르탱에 있는 극장을 찾았을 때의 일이다.

연극의 타이틀은 〈흡혈귀〉.

그는 몇 번인가 트러블에 휘말린 뒤에야 겨우 좌석에 앉을 수가 있었다.

그런데 옆에 앉은 이가 다소 별난 남자였다.

줄곧 책을 탐독하고 있더니만 느닷없이 고개를 들고는 '흡혈귀 좋아하시네! 웃기지 마라!'라는 야유를 날리거나 '이 흡혈귀를 연기하는 배우들에게는 상상력과 창조력이 부족해….'라는 불평을 혼잣말처럼 연신 중얼거렸다.

자신보다 스무 살 정도는 나이가 많은 남자가 그런 소리를 해대는 것을 기묘하게 여긴 캐스터는 당당히 그 남자에게 물어보기로 했다.

"흡혈귀 같은 허구가 싫다면 여긴 왜 온 거죠?"

캐스터가 그렇게 묻자 남자는 고개를 가로저으며 답했다.

"흡혈귀가 허구? 당치도 않은 소리! 그들은 정말로 실재한다고. 좌우간 나는 그들을 만난 적이 있으니까. 그렇기에 이 연극을 기대하고 있었지. 그런데 웬걸! 저들의 연기는 완전히 글러 먹었어! 흡혈귀에 대해 눈곱만치도 모르고 있어, 알려고도 하지 않고 있다고!"

이거 재미난 남자 옆에 앉아 버렸군.

그렇게 생각하며 그는 연극은 무시하고 흡혈귀에 대해 여러모로 물어보기로 했다.

"처음으로 그들 중 한 사람을 만난 곳은 일리리아였지. 나는 밤마다 길거리를 헤매는 살아 있는 시체와 대화를 나누고 함께 식사를 하게 되었어."

"식사를?"

"딱히 같이 피를 빨았다는 건 아냐. 평범한 식사였지. …하지만 그는 인간으로서의 죽음을 바라고 있었어. 나는 그런 그의 바람을 듣고서 묘지에서 그가 잠들어 있는… 죽어 있는 동안 그의 심장을 끄집어내서 불태웠지. 하지만 진정한 의미에서의 '흡혈귀'를 만난 건 그다음이었네. 흡혈귀와 교류하고 영원한 잠을 선물한 나를, 훨씬 강한 힘을 지닌 녀석이 만나러 온 거야."

남자는 어쩐지 먼눈을 하고서 과거를 그리워하듯 말했다.

얼마간 그 '힘 있는 흡혈귀'와의 대화에 대해 말한 뒤, 그는 흡혈귀의 이명을 입에 담았다.

"그들은 사도라 불리고 있지. 인간에게 씐 악령이니 요정이니 하는 것과는 명확히 다른 존재라고. 그들은 지구의 일부임에도 인류라는 것을 싫어하고 있어. 그래, 그들은 의지를 지닌, 지구 그 자체의 그림자네."

"인간을 싫어해요?"

"암, 그렇고말고. 모든 사도가 그렇다고는 말 못 하겠지만. 하지만 인간과의 사이에는 명확한 벽이 있지. 인간이 만든 칼로는 그것을 꿰뚫을 수가 없어. 신이 성별聖別한 것, 혹은 그에 준하는, 인간과는 다른 부류의 '힘'이 아니고서야 그 칼날이 그들을 꿰뚫을 일은 없겠지. 좌우간 평범한 악령이나 마수 같은 것인 줄 안다면 그건 큰 착각이야."

"이 연극에 나오는 흡혈귀는 평범한 악령이라 이건가요….

하지만 진짜 흡혈귀를 본 적이 없으니 무리도 아니겠죠.”

“보지 않아도 연기는 할 수 있지. 인간의 상상력이 있으면 누구든 환상에 도달할 수 있으니까 말이지.”

남자는 온화한 말투로 그렇게 말한 뒤, 흡혈귀뿐 아니라 온갖 경험담을 통해 파리라는 도시의 구조, 로마 황제 네로의 이야기며 추천하는 문학작품에 이르기까지 여러 가지 이야기를 옆자리에 앉은 ‘호기심 많은’ 젊은이에게 해 주었다.

그것은 그의 확고한 인생 경험을 통해 증명된 이야기였고, 캐스터는 어느샌가 연극보다 그 남자의 이야기에 매료되어 있었다.

하지만 그는 잠시 뒤에 연극무대를 흘끔 쳐다보더니 다시금 얼굴이 벌게져서 무대 위에 있는 배우들에게 야유를 날려 대기 시작했다.

“아아, 그게 아니래도! 그냥 공포스럽기만 한 망령이 아니란 말이야!”

그대로 남자는 ‘저들에게 더 항의하기 쉬운 자리로 옮겨야겠어!’라고 하며 자리를 떴다.

“참, 이것도 인연이니 자네의 이름을 들어 두기로 하지.”

부모 자식만큼 나이 차이가 나는 남자가 그렇게 묻기에 캐스터는 조금 쑥스러워하며 답했다.

“제 이름은… 뒤마입니다. 알렉상드르 뒤마.”

"그런가. 나는 샤를이네. 인연이 있다면 또 만나지."

남자의 뒷모습을 배웅하며 젊은 청년은 저 재미있는 남자와 다시 만날 수 있기를 기도했다.

캐스터, 요컨대 알렉상드르 뒤마는 이때는 아직 알지 못했다.

방금 전 이야기를 나눴던 남자는 프랑스에서도 유명한 작가 중 한 명이며, 이 〈흡혈귀〉라는 연극의 원전이 된 작품을 쓴 사람 중 한 명이라는 사실을.

그리고 훗날 자신과 문학계 사이에 다리를 놓아 주는, 매우 중요한 인물이 되리라는 사실도.

×　　　×

현재.

"그래, 나 같은 게 있을 정도니 샤를 선생님도 당연히 '좌'에 있을 텐데 어쩌고 계시려나. 그 사람한테는 이래저래 신세를 많이 졌었지…."

마스터인 서장을 대할 때와는 딴판으로 순수한 경의를 말에 실어 내뱉은 뒤, 캐스터는 허둥지둥 본론으로 의식을 다시 돌렸다.

"이것 참, 정말로 흡혈귀라면 **지금의 장비로는** 승산이 없을 텐데?"

캐스터는 한숨을 내쉬며 컴퓨터의 키보드를 달칵달칵 두드렸다.

"지금의 개조는 '인간의 힘'을 끌어올리는 데 특화되어 있으니까…. 그나저나 흡혈귀… '사도'라…."

캐스터는 컴퓨터 화면에 차례로 나타나는 정보를 지분대며 자조 섞인 미소를 지은 채 중얼거렸다.

"정말로 엮이게 될 줄이야. 오래 살고 볼 일이구먼. 이미 한 번 죽었지만."

×   ×

경찰서. 통로.

로비에서 제법 떨어진 구획의 통로를 걷던 세이버는 문득 멈춰 서서 어느 방향으로 시선을 돌렸다.

그것은 바야흐로 서장 일행이 싸우고 있는 로비가 있는 방향이었지만 그로서는 그 사실을 알 방도가 없었다.

"왜 그래?"

아야카의 물음에 세이버는 조금 눈을 가늘게 뜨고서 답했다.

"…마물의 기척이 느껴져."

"마물?"

"…그래, 옛날 일이지만."

자유분방한 분위기를 풍기는 그답지 않게, 다소 슬픈 빛으로 얼굴을 물들인 채 말했다.

"어느 전쟁에서 나와 호적수의 싸움에 끼어들어, 양쪽 진영의 부하를 학살했던 마물이 있었지. 그 녀석들과 비슷한 기척이 느껴져."

"…잘은 모르겠지만 마물이 영령으로서 소환되었다는 거야?"

"아니, 그렇지 않아. 영령이 아냐. 애초에 녀석들이 '영령의 좌'에 갈 수 있는지조차 모를 일이니까."

불길한 예감에 세이버는 주변에 대한 경계를 강화하며 한시라도 빨리 아야카를 밖으로 내보내기로 결심했다.

그는 걷기 시작함과 동시에 그 마물의 특징을 떠올리며 말을 이었다.

"알기 쉽게 말하자면… 너희 문화에서는 흡혈귀라 불리는 녀석들이야."

×　　　　×

경찰서. 로비.

"만약을 위해 물어보겠는데."

제스터의 목소리가 로비에 울려 퍼졌다.

"너희에게 보구를 준 서번트는 부르지 않아도 되겠나? 뭐, 그 보구를 만드는 것 자체가 주된 능력이라면 거친 일에서 활약하리라는 기대는 별로 못 하겠지만 말이지."

그는 '냉큼 뒈져 주면 안 되겠나, 피 주머니들'이라고 말한 위치에서 아직 한 걸음도 움직이지 않았다.

그럼에도 그의 주변에는 많은 수의 경관들이 쓰러져 있었다.

아직 사망자는 나오지 않았지만 그도 그럴 만했다.

자신을 제스터라 소개한 사도는 아직 일체의 '공격'을 하지 않았기 때문이다.

그런 그를 향해 3층에서 여성 경관이 활시위를 당겼다.

금빛 화살 세 개가 동시에 발사되어, 음속에 가까운 속도로 세 갈래의 곡선을 그리며 제스터의 심장을 향해 날아갔다.

하지만 그 화살의 광채는 그에게 가까워질수록 수그러들더니 도달한 순간에는 평범한 쇠막대가 되어 옷조차 꿰뚫지 못하고 튕겨 나왔다.

그는 아무런 움직임도 취하지 않았다. 그럼에도 단순히 피부가 화살을 거절한 것이다.

용처럼 비늘이 돋아 있는 것도, 강철화한 것도 아닌, 평범하게 하얗고 부드러운 피부로밖에 보이지 않는 그 피부에 음속의 화살이 먹히지 않은 것이다.

더불어 저 제스터라는 남자를 공격하면 할수록 이쪽의 체력이 빨려드는 듯한 기분이 들었다.

보구의 힘을 끌어내기 시작한 도끼술사가 '거리를 무시하고 적을 베어 넘기는 참격'을 내질렀지만―손맛은 느껴져도 제스터의 머리카락 하나 흔들지 못했다.

"우, 우오오오아아아아!"

거구를 자랑하는 경관이 대형 방패를 내세워 돌진했지만 마치 거대한 벽에 돌진한 것처럼 모든 기세가 자신에게로 튕겨져 나와 큰 대미지를 입고 말았다.

서른 명 가까이 있는 경관들이 저마다의 보구를 구사하여 공격을 가했지만 제스터는 그 모든 것을 무시하고 거만한 논설을 입에 담아 댔다.

경관들의 눈동자 속에 서서히 '공포'가 싹트기 시작했다.

조금 전까지만 해도 자신들은 그 암살자의 영령을 상대로 제대로 된 싸움을 벌이고 있었을 터.

그런데 지금 이 상황은 무엇이란 말인가?

성배전쟁과는 본래 상관이 없을 터인 '사도'인지 하는 괴물이 투쟁의 장을 부조리하게 유린하고 있다.

영령이란 대체 무엇인가? 그것을 타도하고자 하고 있는 자신들은 또 무엇인가?

이 세상에는 '좌'에서 소환된 것 말고도 이토록 강한 괴물이 존재하지 않는가.

제스터는 그런 공포와 절망의 시선을 기분 좋게 받으며 히죽히죽 웃음을 띤 채 말하기 시작했다.

"착각하지 마라. 내가 영령보다 강한 게 아니니. 실제로 나는 한 번, 저 아름다운 어새신에게 죽었으니까."

경관들이 이유 모를 피로감에 무릎을 꿇으며 의아하다는 듯 눈살을 찌푸렸다.

현재까지 제대로 된 전의를 유지하고 있는 것은 서장과 여비서를 비롯한 다섯 명 정도였지만 그들의 공격도 제스터에게 통할 낌새는 없었다.

남아 있는 경관이 창 형태를 한 보구의 가호를 받아 혼신의 힘을 다해 돌진했다.

하지만 제스터는 육식동물이 발톱을 휘두르는 듯한 속도로 내지른 창을, 둘째손가락 하나로 받아 냈다.

"요컨대―."

박살 나는 창과 절망으로 가득한 경관의 표정을 본 제스터는 연민 어린 미소를 지은 채 말하기 시작했다.

"영령이란 인류사를 긍정하는 것. 인간세계의 질서―룰을 지키는 존재다."

제스터는 깨진 창의 조각을 손가락으로 지분대며 설레설레 고개를 가로저었다.

"우리 사도는 인류사를 부정하는 존재. 자네들의 질서를 어지럽히기 위해 존재해 왔지."

"인류사를… 부정한다고?"

"암, 그렇고말고. 따라서 인간이 만든 보구, 혹은 신이 인간을 위해 준비한 보구의 가호를, 우리는 부정할 수가 있지. 신이 신을 위해 만든 보구라면 이야기가 달라질지도 모르지만, 그만한 물건은 그리 쉬이 준비하지 못하겠지? 이건 순수한 상성의 문제야. 나는 뱀이고 자네들은 개구리. 그저 그뿐인 단순한 문제지."

제스터는 그제야 걸음을 옮기기 시작했다.

로비의 분위기가 어두운 색채로 가득 차기 시작한 지금, 마지막 갈무리를 하기 위해.

"물론 같은 보구라도 '좌'의 사자인 영령이 사용하면 이야기가 달라지겠지만 말이지. 영령이라면 내게 이길 수 있었을지도 몰라. 하지만 인간의 몸인 자네들은 보구를 사용해도 필연적으로 패배할 수밖에 없다. 전략이나 기합으로 어떻게 할 수 있는 문제가 아니야."

영령이라면 이길 수 있었을지도 모른다.

그 말은 희망이 아닌 절망의 말이 되어 경관들의 마음을 옥죄었다.

영령으로 싸운다는 길을 버리고 인간의 강함을 택한 탓에―

영령도 아닌 괴물에게 압도적으로 유린당하고 있다.

우스꽝스러워 보이기까지 하는 현실 앞에서 대부분의 경관들은 이를 악물었다.

하지만 그래도 그들의 마음은 아직 꺾이지 않았다.

서장이 아직 로비 중앙에 서 있었기 때문이다.

인간의 몸에 남겨진 가능성. 그 최후의 아성이라는 듯이.

제스터 역시 그 점을 알아챈 것이리라.

그는 대담한 미소를 지은 채 서장에게로 전전히 걸어가며 물음을 던졌다.

"자네들에게 부족한 게 무엇인지 알겠나?"

"…힘인가?"

일본도와 권총을 양쪽 손에 든 서장은 제스터의 물음에 진지하게 답했다.

하지만 제스터는 고개를 가로저으며 정답을 말했다.

"숭고함이다."

"……."

"느껴져. 자네들은 신은커녕 상위의 존재를 일체 믿지 않아. 영령도 '좌'도, 혹은 성배마저도. 그런 데다 자신들의 힘도 믿지 않기에 도구에 의존하려 들지. 거기에 숭고함은 없다."

제스터는 히죽히죽 웃으며 근처에 있던 로비의 장의자를 한 손으로 가뿐하게 들어 올렸다.

그는 길이 3미터짜리 둔기로 변한 장의자를 손에 들고서 로비에 있는 모든 경관들에게 말했다.

"나는 숭고함을 가르쳐 줄 수가 없다. 하지만 네놈들이 얼마나 덧없는 존재인지는 가르쳐 줄 수 있지. 이 무구조차 아닌 가구로 네놈들이 신뢰하는 서장인지 하는 놈의 머리를 박살 내주마. 그리고 난 다음에는 도망치려 하는 녀석부터 순서대로 다리를 분지르도록 하지. 열 명까지라면 동시에 부러뜨릴 수 있다. '준비~ 땅' 하고 한꺼번에 도망치면 몇 사람은 살 수 있을지도 모르지."

제스터가 낄낄대고 웃으며 서장에게 한 걸음 더 다가갔다.

이미 장의자의 사정권 안이다.

서장은 명확한 '죽음'이 자신에게로 다가오고 있음을 느꼈다.

하지만 그는 울지도 아우성을 치지도 않고, 오히려 마음을 날카롭게 가다듬었다.

—상관없다.

—여기서 내게 다가오는 게 사도가 되었건 영웅왕이 되었건 상관없다.

강력하기 그지없는 영령을 상대하기로 한 시점에서 자신에게 죽음이 찾아올 가능성은 이미 염두에 두고 있었다.

이렇게까지 빨리 찾아오리라고는 생각도 못 했지만, 그래도 받아들일 각오는 되어 있었다.

—하지만… 저항은 해야겠다. 괴물 자식.

마음을 비우고 총을 바닥에 떨어뜨림과 동시에 칼을 두 손으로 움켜쥐었다.

"호오…."

분위기가 바뀌었음을 알아챈 제스터가 순간적으로 걸음을 멈추고 표정을 풀었다.

"과연, 끝까지 인간으로서 한 방 먹일 셈인가? 영주에 의존해 서번트를 방패로 삼아 살려고 발악을 할 거라고 생각했는데 말이지. 하지만 부질없는 각오다. 내게는 ㄱ 무엇도 도달하지 않을 테니."

제스터가 낄낄 웃으며 즐거운 듯 의자를 치켜들었다.

"어떤 영령이 네놈들의 배후에 있었는지는 신경이 쓰이지만… 무얼, 네놈을 먹고 그 영주를 받도록 하지. 평범한 몸으로는 무리겠지만 지금의 나라면 서번트를 둘… 아니, 다섯까지는 동시에 사역할 수…."

제스터의 말이 갑자기 멈췄다.

철썩.

등 뒤에서 누군가가 느닷없이 검고 미적지근한 액체를 끼얹었기 때문이다.

"……."

확인할 것도 없었다.

몸에 밴 냄새만으로 그 액체가 식어 빠진 커피라는 것을 알 수 있었다.

어처구니가 없다는 표정으로 제스터가 뒤를 돌아보니―.

"그 무엇도 도달하지 않을 거라더니."

몇 미터 떨어진 곳에서 종이컵을 든 신부가 대담한 미소를 짓고 있었다.

"커피는 도달했는데?"

상대가 신부라는 사실을 확인한 제스터는 얼굴에서 미소를 지우고는 넌더리가 난다는 듯 중얼거렸다.

"과연, 성배전쟁의 감독관인가."

그리고 한숨을 내쉬며 고개를 가로저었다.

"한탄스러운 일이군. 이 성배전쟁에는 교회가 관여하지 않는다기에 달려온 것이건만, 결국 이 도시도 교회에게 꼬리를…."

철썩.

신부는 사도가 고개를 가로젓는 타이밍을 노려 남은 커피를 끼얹었다.

"……."

"말이 많네, 시체 놈이."

신부는 텅 빈 종이컵을 접어 근처에 있던 쓰레기통에 던져 넣었다.

"이게 오페라나 뮤지컬이었다면 네 대사는 절반 정도 잘라 내라고 해야 할 판이라고."

"한자 세르반테스…. 아직도 있었나."

서장에게 이름을 불린 한자는 어깨를 으쓱하며 말했다.

"힘에 벅차 보이네, 서장."

"뭐 하는 짓이냐."

"감독관으로서 살아남기 위한 조언을 해 줄까 싶어서."

한자는 커피를 뚝뚝 흘리며 말없이 고개를 숙이고 있는 제스터는 아랑곳 않고 담담히 서장에게 말을 자아냈다.

"이 수준의 사도에게는 성별된 전용 무기를 쓰든가… 마안이나 짐승화와 같은 '특이점' 소유자, 혹은 순수하게 높은 수준의 마술사가 아닌 한 대처할 수가 없어."

"……."

"당신들이 미숙한 게 아냐. 다만 상성이 안 좋았을 뿐이지. 뭐, 솔직히 말해서 아까 전에는 영령을 상대로 잘 싸운 편이라고 생각해. 좋은 구경 했어."

제스터는 얼굴에 묻은 커피를 닦고서 미소도 노기도 실리지 않은 표정으로, 솔직하게 서장 일행을 칭찬한 신부에게 담담히 말했다.

"우리 사도에 관해 조금은 아는 모양이군. 과연, 감독관답게 나름의 이야기를 들을 수 있는 지위에 있다 이건가."

제스터는 그대로 자신의 옷으로 시선을 떨어뜨리고는 커피로 물든 옷의 일부를 집어 보이며 물었다.

"그래서? 이건 뭐 하자는 짓이냐?"

"내가 쏘는 거야. 그 공무원 녀석들의 피 대신 빨라고."

"하하하하하! 그렇군! 과연, 한턱낸 거라 이거지!"

제스터는 그 말에 둑이 터지기라도 한 듯 웃음을 터뜨렸다.

웃고 웃고 또 웃다가―.

다음 순간, 표정이 돌변해서는 장의자를 신부에게 내던졌다.

"접수처에서 무료로 지급하는 커피 아니냐―!"

장의자가 부메랑 같은 기세로 고속회전하며 신부에게 날아
갔다.

그러자 신부는 그 장의자를 피하려고도 하지 않고―그저 수
직으로 차올렸다.

쾅음.

잠시 뒤에 천장 방향에서 파쇄음이 들려왔다.

하늘을 올려다본 경관들은 3층 부분까지 탁 트여 있는 로비
의 높은 천장에 깊숙이 꽂혀 있는 장의자의 모습을 확인할 수
있었다.

"…뭣?"

인간의 범주를 벗어난 행위에 서장도 비서도 경관들도, 장의
자를 집어던진 제스터마저도 엉겁결에 시선을 빼앗겼다.

다음 순간―한자의 모습은 그 자리에서 흔적도 없이 사라져
있었다.

"…어?"

제스터가 얼빠진 소리를 냈다.

방금 전까지 몇 미터 떨어진 곳에 있었을 터인 신부가 어느샌가 자신의 눈앞에서 주먹을 내지를 준비를 하고 있다는 사실을 알아챘기 때문이다.

그리고 제스터가 반응을 취하는 것보다 다소 빠르게 한자의 오른쪽 주먹이 제스터의 안면을 후려쳤다.

세차게 날아간 제스터가 로비 벽을 뚫고 안쪽 방에 처박혔다.

"…목을 날릴 셈이었는데, 역시 단단하네."

손을 팔랑팔랑 흔드는 한자에게 서장이 눈을 가늘게 뜨며 말했다.

"뭐 하는 짓이지?"

서장의 물음에 한자가 담백하게 대답했다.

"배턴 터치 하자는 짓이지. 저 녀석은 내가 없애겠어."

"우리를 돕겠다는 거냐?"

신부가 우둑우둑 목을 풀며 의아해 하는 서장에게 말했다.

"감독관이기 이전에 나는 신부라서 말이지. 하지만 뭐… 그 대신 부탁하고 싶은 게 있는데."

"뭐냐."

"내가 마실 것을 소홀히 한 일은 교회 녀석들에게는 말하지 말아 줘."

"사부님한테 혼날까 무서워서 말이지."

4장

『1일 차. 동트기 전.
영령 부재의 싸움』

지금으로부터 20년 정도 전.

노령에 접어든 딜로라는 신부가 스페인의 어느 산악지대에 부임했던 무렵의 일이다.

'산에 악령이 있다'는 등산가의 말을 듣고 산에 들어간 신부는―한 소년이 산의 절벽 중턱에 앉아 스라소니들과 무언가를 먹고 있는 장면과 맞닥뜨렸다.

"뭐 먹니, 꼬마야?"

그렇게 밀하자 소년은 경계하듯 이쪽을 노려보디니 그대로 절벽에서 절벽으로 건너뛰어 어딘가로 떠나 버렸다.

안내를 맡았던 마을 사람들은 그런 소년을 보고는 '역시 괴물이야! 저 녀석은 분명 산속에서 길을 잃은 등산가들을 먹고 있던 걸 거야!'라며 도망쳤지만 신부는 그대로 소년을 쫓기로 했다.

소년이 먹고 있던 것이 인간 같은 것이 아니라는 사실은 금세 알 수 있었다.

왜냐하면 길 끝에 커다란 곰의 시체가 있었고 그 옆에 육포를 만든 흔적이 있었기 때문이다.

―육포를 만들 줄 아는 건가. 흠, 마수는 아닌 모양이군.

그런 생각을 하며 계속 나아가자 조금 전에 도망쳤던 소년이 길을 가로막았다.

"할아버지. 당신은 사람인가요? 아니면 괴물?"

묘한 질문을 하는 앳된 소년에게 흥미가 동한 신부는 답했다.

"글쎄다. 내가 보기에 나는 사람이지만 네가 보기엔 괴물일지도 모르지. 나도 네가 사람인지 괴물인지 모르겠거든."

"……."

"하지만 말이다. 사람이건 괴물이건 사이좋게 지낼 수 있을지도 모른다는 생각은 안 해 봤니?"

말은 통하는 모양인지 딜로가 끈기를 갖고 접촉을 계속하자 소년은 서서히 자신에 대한 이야기를 하기 시작했다.

세계에서 가장 위험한 길이라 불리는 절벽의 길, '카미니토 델 레이'. 그에 뒤지지 않는, 산길에 숨은 길을 나아간 끝에 있는 유적에서 그는 혼자 살고 있다고 했다.

다른 가족은 없느냐고 물으니 얼마 전까지는 수십 명으로 된 집단이 마을 같은 커뮤니티를 이루고 있었다고 했다.

"산 밖에는, 사람하고 친하게 지내는 괴물도 있어?"

"암, 세계는 넓단다. 찾아보면 있을걸. 사람과 가족이 되는 괴물도 있을지도 모른단다."

노신부는 온화한 말투로 도무지 신의 사도같지 않은 소리를 했다.

"그렇구나. 하지만 내가 본 괴물은 착하지 않았던 것 같아."

"……?"

소년은 담담한 투로 자신이 본 것에 대해 말하기 시작했다.

"산에 있던 사람들은… 피를 빠는 괴물한테 죽었어."

"……."

"그 괴물도 끝에 가서는 엄마한테 죽었어. 하지만 그때 입은 상처 때문에 엄마도 죽어 버렸어."

노신부는, 그때는 구태여 깊이 묻지 않고―.

몇 번인가 산에 오른 뒤, 소년을 도시로 데리고 가기로 했다.

몇 개월 후.

양육시설에서 얼마간 자란 소년이 완전히 도시 생활에 익숙해졌을 무렵―어느 신부가 도시를 찾았다.

딜로보다는 조금 젊은, 께느른한 얼굴을 한 장년의 신부였다.

그 낯선 신부는 시설 마당으로 불려 나온 한자 앞에서 딜로에게 푸념을 늘어놓았다.

"그게, 저기…. 딜로 주교님…, 어째서 저를?"

"아니, 내가 아는 이들 중 자네가 가장 쿵푸라든지 무술 같은 걸 잘 했던 것 같아서 말이지. 이 아이는 그런 걸 좋아하는 모양이야. 강한 힘을 지닌 아이에게 조화의 소중함을 가르치는 데는, 자신보다 강한 사람한테 배우게 하는 것보다 좋은 게 없잖나?"

한자는 알아챘다. 아무래도 사람과 눈을 마주치려 하지 않는 이 신부는 자신을 위해 이 도시까지 불려 온 모양이었다.

불과 얼마 전에 '산에서 지낼 때와 같은 걸 하고 싶다'는 생각에 주변에 있는 아이들을 끌어들인 결과, 하마터면 크게 다치는 아이가 나올 뻔한 일과 관계가 있는 것이리라.

딜로 씨에게 폐를 끼치고 말았다.

그렇게 생각한 한자가 풀이 죽어 있자, 불려 온 신부는 아무와도 눈을 마주치려 하지 않은 채 딜로를 향해 입을 열었다.

"으음. 저기, 주교님? 아이를 무술로 단련시키고 싶은 거라면, 코토미네 님이라도 상관없지 않을지? 그의 팔극권은 마스터 급이니까요. 당신과도 사이가 좋고요."

"리세이 군은 일본에서 뭔가 중요한 일을 맡는다더군. 나는 **그쪽 방면**은 잘 모르네만, 뭔가 굉장히 중요한 일인 모양이야. 게다가 그에게는 이미 아들이 있으니 말이지."

"으음~…. 그거, 혹시, 친자식처럼 딱 붙어서 돌봐 주라는 말씀인가요…?"

"자네, 우수한 후계자가 필요하다고 했잖나? 뭐, 이 아이는 남들보다 체력은 좋고, 배우기도 빨리 배우네. 힘을 올바르게 쓰는 법을 가르쳐 주게나."

"…제가 도장의 사범이나 뭐 그런 건 줄 아시는 건가요?"

낯선 신부는 한숨을 내쉰 뒤, 한자에게 말을 붙였다.

"너, 용돈 필요하니?"

"용돈?"

"그래, '잡으면' 네게 주마."

신부는 이쪽을 보지 않은 채 그렇게 말하더니—.

어딘지 모를 나라의 은화를 탄환 같은 기세로 사출했다.

—이것 참, 주교님은 내 **본모습**을 모르니 가볍게 부탁하고 있는 것일 테지만….

그 은화는 한자의 1미터 정도 옆을 지나쳐 안쪽에 있는 나무에 꽂힐 예정이었다.

—어린애를 끌어들이기엔 죄책감이 드는 일이니.

살짝 겁을 주면 애 쪽에서 싫어하리라. 딜로의 지인인 신부는 그렇게 생각한 모양이었다.

하지만—.

소년은 사출과 동시에 은화가 날아간 방향으로 뛰어, 은화를 확 낚아채고 말았다.

나무에 꽂힐 기세로 사출된 코인을, 맨손으로—.

"…어?"

그제야 장년의 신부는 소년 쪽으로 시선을 돌렸다.

소년은 손안에 있는 은화를 보고는 눈빛을 빛내며 순진한 미소를 짓고 있었다.

"은화다! 와아! 고맙습니다, 신부님!"

딜로는 그런 광경을 보고는 방긋방긋 웃으며 소년에 관한 정보를 덧붙여 말했다.

"도시에 있는 격투기 도장의 트레이너가 그러더군. 저 아이는 도장에서는 감당이 안 된다고."

조금 전의 '도장의 사범이나 뭐 그런 건 줄~'이라는 말에 대한 대답이리라. 사람 좋아 보이는 미소를 지은 채 노신부가 말을 이었다.

"좌우간 평범한 격투기로는, 본 실력을 발휘하지 않아도 상대의 심장을 멎게 해 버릴지도 모른다나."

얼마간 소년을 본 뒤, 장년의 신부는 우선 소년에게 물었다.

"저기, 그게… 이름 좀 가르쳐 주겠니?"

"한자요."

시원시원하게 이름을 대는 소년과 눈을 맞춘 채 장년의 신부는 자신의 이름을 입에 담았다.

"나는 델미오 세르반테스란다. …뭐, 잘 부탁한다."

그로부터 20년.

딜로라는 노신부는 그저 '건전한 인생'을 바랐고, 델미오라는 양부는 단순히 '이 이상한 체질을 가진 아이를 단련시키면 어떻게 될지 보고 싶다'고 바라—우여곡절을 거쳐 그는 양쪽의 바람을 이뤄 주게 되었다.

건전하고 강하게 자라, 그 자신도 인생을 구가하고 있다.

공교롭게도 산에서 자란 소년은 고향을 덮친 괴이怪異—사도와 연관된 일을 생업으로 삼고 있었다.

'대행자'라 불리는, 신을 대신해 절대악의 존재를 없애는 일을.

×   ×

현재. 경찰서 로비.

"방심했구먼…. 방심했어…."

붕괴된 벽 안쪽에서 킥킥 웃는 제스터의 목소리가 울려 퍼졌다.

"그래! 단언하지! 나는 지금, 방심하고 있었다! 이게 자만이라는 것인가! 정말이지 좋은 경험이 되었군! 강자의 수명을 단축시키는 최상의 독약이 '자만'이라는 말은 사실이었어!"

목소리만이 들리는 기분 나쁜 상황.

서장 일행이 숨을 죽인 채 상황을 지켜보는 가운데, 한자는 그 구멍의 정면에 서서 말했다.

"그렇게 겸손 떨지 말라고. 너는 방심 같은 건 하지 않았어. 언제든 온 힘을 다하고 있지. 존경스럽다. 굉장하네."

"……."

"너는 온 힘을 다하다 나한테 얻어맞았어. 그렇지?"

한자가 명백한 도발을 하자 웃음소리가 사라졌다.

"마음에 안 드는군. 마음에 안 들어, 신부⋯. 네놈⋯ '대행자'냐?"

'대행자'.

그 존재는 서장도 알고 있다.

마령魔靈과 악마, 사도와 같은 '교의상 이 세상에 존재해서는 안 될 것'을 정화하는 것이 아니라, 신의 힘의 행사와 심판을 대행하는 역할을 자청해 대상을 말소하는 존재다.

일시적으로 정화하는 엑소시스트와는 달리 완전히 소멸시키는 것을 목적으로 한 무투파 집단이다.

당연히 그러한 자들을 상대할 만한 실력자들이 임명되는 직위로, 성배전쟁과는 전혀 성질이 다른 싸움 속에 몸을 두고 있는 자들이다.

"대행자는 휴직 중이거든. ⋯오늘은 감독관으로 온 거고."

한자가 담담히 말하자 구멍 안쪽에서 들려오던 목소리가 그치더니―.

다음 순간, 벽에 난 구멍에서 무수한 잔해가 사출되었다.

통상의 몇 배나 되는 캐논 포에 잔해를 장전해 발사했다.

그렇게 말해도 믿을 듯한, 오히려 그렇게 설명하지 않으면 납득하기 힘든 광경이었다.

한자는 품 안에서 칼자루 같은 것을 몇 개 끄집어내더니 그것을 두 손의 손가락 사이에 끼웠다.

그러자 다음 순간, 그 자루에는 은빛 도신이 구현화具現化되어 한자의 두 손에 거대한 쇠발톱 같은 형상을 이루었다.

'흑건黑鍵'―.

마력을 흘려 넣으면 기동하여 자루에서 칼날을 구현화시키는, 대행자들의 기본적인 무장 중 하나였다.

그리고 숨을 멈춘 채 텅, 하고 강하게 바닥을 내딛으며 잔해를 정면에서 요격했다.

흔들. 아지랑이처럼 신부의 두 팔이 일렁였다.

다음 순간―직경 1미터도 더 되는 콘크리트 조각이 섞인 잔해의 산탄이 신부의 몸을 **안개가 되어 통과했다.**

정확히 말하자면 통과한 듯 보인 것뿐이다.

한자의 앞에서 잔해가 차례로 파쇄되어, 흙먼지처럼 로비 내에 확산된 것이다.

대체 얼마나 빠른 속도로, 어떤 검술을 사용하면 그렇게 되는 것일까.

서장은 간신히 그 움직임을 눈으로 좇을 수 있었지만, 그 움직임에 따라붙을 수 있겠느냐고 묻는다면 대답은 NO였다.

"과연, 우리에게 포위된 상태로도 여유로울 만했군…."

서장이 중얼거린 말을 들은 한자가 등을 돌린 채 반응했다.

"글쎄? 당신들이 가진 보구의 효과는 사도에게는 통하지 않지만 나한텐 통해. 모두 다 상성의 문제지. 스펙으로 모든 것이 정해진다면 성배전쟁은 누가 버서커를 뽑느냐로 결판 날 거아냐."

분명 그렇군. 서장은 생각했다.

아인츠베른은 후유키에서 다섯 번째 성배전쟁 당시, 최고 클래스의 대영웅을 버서커로 소환하여, 광화狂化를 통해 모든 능력치를 끌어올렸다는 정보를 입수했다.

하지만 그 성배전쟁이 어떠한 경위로 흘러갔는지는 몰라도, 적어도 아인츠베른이 성배를 손에 넣었다는 정보는 들은 바가 없었다.

프란체스카는 '아인츠베른은 언제나 극단적이야. 반칙하려다 실패하니 다음에는 정공법으로 대영웅을 소환하질 않나. 그게 실패하니 다른 대영웅을 버서커로 만들어서 철저하게 수치를 끌어올리질 않나~. 좀 더 가볍게 전쟁을 즐길 것이지'라고 했다.

단순한 수치의 차이뿐 아니라 상성도 커다란 요소로 작용하는 성배전쟁의 요점은 각각의 영령과 마스터의 특성을 어떻게 살리느냐 하는 것이다.

상황에 따라서는 운마저도 계산에 넣어 둬야만 하는 투쟁이 바로 성배전쟁이다.

그러한 의미에서 지금의 자신들은 운이 좋았다고 할 수 있을 것이다.

대립했던 것은 사실이고, 교회로 돌려보낼 생각도 없었다.

하지만 적어도 지금은—이 신부가 적이 아니라는 운명에 감사하고 있었다.

몇 번째인지 모를 잔해의 '사출'을 견뎌 냈을 즈음, 한자는 날아드는 잔해 틈새에서 눈에 익은 천을 발견했다.

그것이 제스터가 걸치고 있던 옷이라는 것을 알아챈 순간, 한자는 가장 큰 잔해를 처리한 뒤, 일부러 다른 잔해를 몸으로 받으며 두 손의 '손톱'이 된 흑건을 심장 앞에서 교차시켰다.

제스터의 수도가 정확히 그곳에 박혔다.

항타기杭打機로 말뚝을 박아 넣는 듯한 위력이었다.

제스터는 그대로 도약하여 충격으로 인해 뒤로 날아간 한자에게 추가 공격을 시도했다.

한자는 그것을 받는 한편 반격도 시도하여, 흑건의 날과 사도의 손톱이 격돌했다.

수도와 칼날이 교차하여 일반적으로 울릴 리가 없는 금속음과 고기 타는 냄새 같은 것이 주변을 가득 메우기 시작했다.

"어리석은 선택이구나, 한자 세르반테스! 나를 쓰러뜨린다는 것은 감독관으로서의 중립성을 포기하겠다는 뜻 아니냐! 그러한 불공평한 짓이 용납될 거라 보는 거냐!"

"글쎄, 네가 성배전쟁의 마스터라는 이야기는 들은 적이 없어서 말이지!"

서로 심장을 꿰뚫고도 남을 연격을 내지르며 요격이라는 모양새로 역시나 서로의 공격을 막아 내고 있는 상황.

그런 목숨을 건 공방 도중에도 대화를 계속하고 있는 것은 상대의 빈틈을 끌어내기 위함일까, 아니면 단순히 흥분했기 때문일까.

"좀 전에 내가 어새신 앞에서 단언했을 텐데!"

"서번트는 네 존재를 부정하고 싶은 모양이던데?"

"그 점이 또한… 아름답다!"

"핫…. 선문답이 따로 없군."

허세인지 아니면 일종의 도착 증세인지, 신부와 사도는 서로 웃으며 전투를 펼쳐 나갔다.

기둥과 벽으로 도약해 그곳을 새로운 발판 삼아 살육전을 벌이는 두 사람. 그들이 한 번 도약할 때마다 바닥이며 기둥에 균열이 가, 인간의 영역을 넘어선 차원의 싸움이라는 것을 경관들의 눈에 똑똑히 새겨 주었다.

그리고―몇 초 뒤에는 그 대상이 경관들에 한정되지 않게 되었다.

견제를 위해 내지른 한자의 발차기를 제스터가 일부러 받아―.

그 기세를 이용해 로비의 출입구를 향해 도약했다.

제스터는 그대로 강화유리로 된 회전문을 꿰뚫고 도시로 뛰쳐나갔다.

마치 대행자인 한자를 밖으로 유인해 내듯.

동이 트기 전이라고는 하나 아직 무수한 인간들이 오가고 있는 스노필드 중심가로.

×　　　×

카지노 근방. 대로大路.

"음…?"

독특한 고급스러움으로 가득한 캐딜락 오픈카.

두 손을 뒤쪽 좌석의 등받이에 걸친 거만한 분위기로 앉아 있던 길가메시가 눈썹을 살짝 찌푸리며 도로 끝으로 시선을 옮겼다.

차 자체는 티네의 부하인 검은 옷차림의 젊은 여자가 긴장한 표정으로 운전하고 있었고, 조수석에는 불가시화를 해제한 티네가 인형처럼 얌전히 앉아 있었다.

카지노 장식의 일부로 배치되어 있던 차였지만 길가메시가 마음에 들어 해, 크게 딴 칩의 절반을 대가로 입수한 물건이었다.

실제로 환금하면 딜러에게서 몇 대든 살 수 있을 정도의 칩이었기에 나쁘지 않은 거래라 판단한 카지노 측이 특별히 넘겨준 것이다.

잽싸게 티네의 부하 명의로 양도수속을 마치고 그대로 들뜬 마음으로 카지노를 나선 길가메시는―.

그 순간, 차량의 전방에서 소동이 벌어졌음을 알아챘다.

길 끝에 있는 커다란 건조물.

그 주차장 주변에는 구경꾼들이 모여 있었고 때때로 요란한 충격음이 울려 퍼졌다.

"…경찰서군요."

스스로 이변을 알아챈 티네가 그렇게 중얼거리며 그쪽을 주시했다.

그러자―.

주차장에 세워 뒀던 것으로 보이는 순찰차 몇 대가 굉음과 함께 높이 날아오르더니, 그 순찰차 사이를 누비는 모양새로 두 명의 인물이 맞붙어 싸우고 있는 모습을 보였다.

너무도 비상식적인 광경에 티네는 '서번트 간의 전투인가' 하고 긴장했지만―그 인물들을 아무리 봐도 서번트 특유의 기척이 느껴지지 않았다.

"영령이 아니야…?"

놀람과 동시에 먼 곳을 내다보는 마술을 행사하여 보다 선명하게 현장의 인물을 관찰했다.

"저건… 아까 카지노에 있던 신부와…. 나머지 한쪽 남자는 대체…?"

티네는 답을 구하듯 길가메시를 쳐다보았다.

그러자 맨눈의 시력으로도 보이는 듯한 길가메시는 자신만만한 목소리로 답했다.

"음, 잘 모르겠다."

길가메시는 당당히 '모른다'고 단언하고는 자신의 간단한 견식을 읊었다.

"잘은 모르겠지만⋯ 인간이 아니라는 건 알겠다. 아마 마물이나 괴이의 일종일 테지. 내 적이 되어 앞을 가로막는다면 처리하겠다만, 딱히 관심은 없다."

영웅왕의 답변을 들은 티네는 생각했다.

―이분은, 인간 이외의 것에는 별로 관심이 없는 건지도 몰라.

그가 두른 분위기도 본래 있어야 할 양에 비해 신성神性이 대폭 감쇄된 상태였다. 그에 관해 물었더니 "녀석들과는 인연을 끊었다. 녀석들의 가호 따위 내게는 필요 없으니."라고 했는데, 그것과 뭔가 관계가 있는 것이 아닐까 싶었다.

그 추측을 뒷받침하듯 길가메시는 오히려 신부 쪽에게 관심이 동했는지 안대를 한 초인적인 남자를 보며 중얼거렸다.

"그나저나, 인간도 참 기가 막힐 정도로 죄 많은 존재구나."

"⋯⋯?"

고개를 갸웃하는 티네의 시선을 백미러를 통해 받으며, 영웅왕은 비아냥거림으로 가득한 미소를 지은 채 말을 이었다.

"저 신부⋯ **저러한 몸이 되어서도** 아직 신의 도구로 전락하지 않았다니."

×　　　　×

경찰서. 주차장.

공중으로 날아오른 순찰차 중 한 대를 제스터가 세차게 걷어
찼다.

한자는 그 순찰차를 양단하여, 쪼개진 차체 사이로 몇 줄기
의 흑건을 투척했다.

제스터는 그 칼날을 손으로 쥐어 받아 내고는 손에서 피와
연기를 흘리며 대담하게 웃었다.

"구경꾼이 보이지 않나? 성배전쟁을 은폐하지 않아도 되겠
나?"

순찰차를 발판 삼아 더욱 높이 도약하며 한자가 답했다.

"이 '작업'은 성배전쟁과는 무연한 거니 상관없어."

사실 교회 입장에서는 매우 큰 문제라 할 수 있었지만, 뭔가
대책이 있는지 구경꾼들의 시선을 느끼면서도 여유로운 표정
을 짓고 있었다.

"감독관으로서의 임무를 버려 가면서까지 나를 처리할 셈이
냐? 거듭 말하자면 나는 네놈들이 보호해야 할 마스터다."

"…교회가 성배전쟁에 간섭하는 건 기적을 은폐하고 인류의

안녕을 지키기 위해서야. 흡혈귀에게 그 기적이 넘어갈 가능성을 용인하는 편이 교회의 감독관으로서는 실격 아닐까?"

"그렇게까지 나를 죽이고 싶어 할 줄이야. 오호, 사도에게 부모나 연인이라도 살해당한 거냐?"

도발적인 물음에 한자는 칼을 몇 번 섞은 뒤, 지면에 착지하며 답했다.

"뭐, 일족이 몽땅 살해당하기는 했지만… 솔직히 말해서 그걸 원망하고 있지는 않아."

그리고 새로운 흑검의 칼날을 구현화시키며 담담히 자신이 싸우는 이유를 말하기 시작했다.

"흡혈귀가 다 미운 건 아냐. 대행자 실격이라는 소릴 듣는 이유이기도 하지만, 나는 사도에 대한 증오나 주에 대한 신앙심으로 이 일을 하고 있는 게 아니니까."

"그럼 왜 나와 이렇게 살육전을 벌이고 있는 거지? 이 싸움에 무슨 의미가 있다는 거냐?"

순찰차에서 새어 나온 가솔린에 불이 붙어 주변이 불길에 휩싸였다.

새벽녘임에도 구경꾼들이 서서히 늘고 있었지만, 공교롭게도 눈길을 끄는 불길로 인해 두 사람의 모습이 가려지는 모양새가 되었다.

"언동이 아무리 봐도 악당 같았거든. 그런 이유면 안 될까?"

"…네놈의 언동은 일일이 나를 짜증 나게 하는군. 이렇다 할 신념도 없이 그저 공연히 사도를 죽이고 다닌다는 거냐. 저 아름다운 암살자와는 비교도 되지 않을 정도로 추악하군."

제스터는 입은 웃고 있었지만 눈으로는 혐오스러운 것을 보듯 한자를 보았다.

한자는 그런 사도의 적의를 흘려 넘기며 반론을 입에 담았다.

"충동을 억제한 채 조용히 얌전하게 사는 사도라면 못 본 체해 줄 수도 있다고. 그리고 보니 인간의 식사에 집착한 나머지 본능을 거슬러 가며 요리를 만들어 대는 사도가 있다는 이야기도 들어 본 적이 있는데… 정말로 있나?"

"알 게 뭐냐!"

제스터는 얼굴에서 미소를 지우더니 두 손을 펼쳐, 그 손을 세차게 몸 앞에서 교차시켰다.

손에서 흘러나온 피가 물보라처럼 공중에 퍼짐과 동시에 격렬한 바람이 그 자리에 몰아쳐, 작은 소용돌이를 일으켰다.

그리고―마술인지 능력인지, 그 바람의 주변에 있던 화염이 '융합'했다.

화염이 바람을 타고 말려 올라가는 것과는 달리, 정말로 흐르는 공기 그 자체가 화염으로 변한 듯한 붉은 소용돌이가 한자에게 덤벼들었다.

"큭…!"

한자는 처음으로 미소를 지우고는 그 소용돌이를 아슬아슬하게 피했다.

열기가 덮쳐드는 가운데, 한자는 제스터의 모습을 찾았지만
─사도는 조금 전에 서 있던 장소에는 존재하지 않았다.

─어디 있지?

의아해 하며 주변을 훑어볼 때 생긴 찰나의 빈틈.

제스터는 그것을 놓치지 않았다.

화염의 소용돌이 안에서 뻗어 나온 손이 한자의 팔을 콱 잡
았다.

"──!"

"잡았다!"

사도는 그대로 인간의 한계를 까마득히 뛰어넘는 완력으로
한자를 끌어당겨 나머지 한쪽 손으로 목을 꿰뚫으려 했다.

상대가 자유로운 팔로 흑건을 휘두르기 전에 자신의 수도가
대행자를 절명시키리라.

제스터는 그렇게 확신했으나─.

다음 순간, 그 예측은 빗나갔다.

전혀 예상치 못한 한자의 반격으로 인해.

철컥. 기계적인 소리가 제스터의 고막을 울렸다.

다음 순간, 그는 한자의 팔을 잡았던 손을 놓아 버렸음을 알
아챘다.

아니, 강제적으로 박리된 것이다.

어디선가 밀어 넣은 칼날에 손가락이 모두 잘려 나간 탓에.

"…윽!"

제스터는 뒤로 크게 한 걸음 물러나, 천천히 흑건을 줍는 한 자를 노려보았다.

그리고, 그는 보았다.

천이 찢어져 있는 신부의 팔뚝 부근에—흑건과 같은 성질의 칼날이 돋아 있는 것을.

"네놈… 의수냐!"

"말 안 했던가? 너희 같은 괴물을 상대하다 보니 몸의 7할은 성별聖別을 거친 기계장치가 되었거든."

"놀랍군. 설마 교회에 그런 기술이 있었을 줄이야."

"교회는 인간을 이끄는 곳. 모든 기술과 비술의 최첨단을 수집해 마땅하잖아? 뭐, 사실 나도 잘 모르지만."

한자는 태연히 그렇게 말하며 조금 전에 있었던 일련의 흐름을 돌이켜 보았다.

동시에 그는 베어 냈을 터인 제스터의 손가락이 어느샌가 손과 접합되어 있음을 알아챘다.

사도 특유의 육체복원능력인 듯도 했지만 복원 방법이 평소 상대했던 사도와는 다른 것 같았다.

"조금 전의 바람도 그렇고… 그게 네 능력이냐?"

"미안하지만 간이 작아서 말이다. 자신의 능력을 떠벌릴 생각은 없다."

제스터는 넌더리가 난다는 듯 한자를 노려본 뒤, 근처에서 불타오르고 있는 순찰차의 차체에 손을 처박아 그대로 프레임을 움켜쥐었다.

 한 손으로 차 한 대를 들어 올린 제스터는 야구공을 던지듯 그 차를 한자에게 집어던졌다.

 한자는 한쪽 발을 들어 그것을 받아 내더니 하반신에 장치된 마술적인 기계 용수철의 힘을 이용해 세차게 차체를 밀어냈다.

 사도는 그 차체를 뛰어넘어 경찰서 건물을 타고 올라갔다.

 신부는 망설임 없이 그를 쫓아, 자신도 경찰서 건물을 수직으로 뛰어 올라갔다.

 그가 지나간 벽에 깊은 상처가 남은 것으로 미루어 아마도 모종의 장치를 사용하고 있는 것일 테지만―그렇다 해도 일반인으로서는 도저히 흉내 낼 수 없는 행위였다.

 빌딩 옥상에 올라간 참에 한자는 서브머신 건의 세례를 받았다.

 언제 슬쩍했는지 제스터는 경찰 특수부대의 장비로 호쾌하게 총탄을 쏟아 냈다.

 동시에 왼손으로는 마찬가지로 경찰 장비인 쇼트 건을 발사해, 평범한 사람이라면 다진 고기가 될 법한 양의 총탄이 한자의 몸으로 날아들었다.

 하지만 그는 흑건조차 쓰지 않았다. 몸 자체가 아지랑이처럼 일렁이는가 싶더니 탄환의 일부를 **자신의 손으로** 떨구어 내며 그 대부분을 회피했다.

마치 액션영화 같은 광경을 본 제스터는 순순히 그를 칭찬했다.

"과연 그렇군. 네놈은 지금까지 봐 온 대행자 중에서도 톱클래스구나!"

"칭찬해도 안 봐줄 거다."

"사실을 말했을 뿐이다. 그 실력… 소문이 자자한 '매장기관'이라도 되는 거냐?"

매장기관이라 불리는, 대행자 중에서도 선출된 자들로 구성된 조직이 있다.

그곳에 속한 이들은 흡혈종들의 정점이라 불리는 '27조'와 싸울 수 있는 실력을 지녔으며 때로는 단독으로 도륙하기도 하여 사도들 사이에서는 전설과 공포, 그리고 경계의 대상으로 일컬어져 왔다.

제스터는 지금까지 몇 번이나 대행자들을 격퇴해 왔지만, 이 한자라는 남자에 비하면 모두가 갓난아이나 다름없는 수준 같았다.

제스터는 상대의 실력에 경의를 표할 의도로 '매장기관'이라는 예를 든 것이었지만—한자는 오히려 표정에서 여유로운 미소를 지우더니 살짝 얼굴을 찌푸리며 입을 열었다.

"매장기관이냐고…? 내가?"

그리고 신부는 '너는 아무것도 모른다'고 말하듯 어이가 없다는 투로 고개를 가로저었다.

"웃기지도 않는 소릴 하는 시체로군. 나 같은 건 '그분들'의 발끝에도 못 미친다. 아니, 같은 지평에조차 설 수 없지."

"뭣이라?"

제스터가 눈살을 찌푸리자 한자는 담담히 말을 이었다.

"나는 분명 핵미사일이나 화학병기 정도의 대미지라면 네놈들에게 가할 수 있지. 하지만 주의 뒤를 따르는 그분들은 인간이 만들어 낸 병기 같은 것과는 비교도 할 수 없다! 한 사람 한 사람이 천재지변, 주께서 행하신 기적 그 자체를 대행하시지…. 주의 영역을 범한 사악을 주의 힘으로 멸한다. 그것이 대행자의 정점인 '그들'의 영역이다. 나 같은 것과 비교하는 건 모욕 이외의 그 무엇도 아냐."

한자는 작은 소리로 호흡을 가다듬고는 아마도 본래의 스타일로 보이는 자세를 취했다.

"네놈이 범한 것은 '인간'의 영역에 불과하다. 따라서 내가— 인간의 힘으로 멸하겠다!"

모종의 무술이 토대가 된 것으로 보이는 자세.

그것을 본 순간, 제스터는 온몸의 세포가 으스스 떨려 오는 것을 느꼈다.

―과연, 지금부터 제 실력을 발휘하겠다 이건가.

압도적으로 패할 것 같지는 않았다.

하지만 모든 실력을 내보이지 않으면 이 남자를 격퇴하기란 불가능하리라.

—성배전쟁 초반에 다른 마술사나 영령에게 손에 든 패를 보이는 건 좋지 않지.

어디서 사역마가 보고 있을지 모를 일이다.

조금 전의 경관들처럼 보구에 의존한 전투를 걸어오는 자라면 개의치 않아도 좋았겠지만 정말로 강력한 마술사가 상대일 경우, 이쪽의 능력을 몽땅 드러내는 것은 약점을 가르쳐 주는 것이나 다름없는 일이었다.

더 결정적인 이유를 말하자면 그는 옥상에서 경치를 보고 알아챈 것이다.

동쪽 밤하늘이 색을 잃더니 서서히 밝아 오기 시작하고 있다는 것을.

요컨대 곧 이 공간에 '아침'이 찾아오리라는 것을.

"…물러날 때가 됐나. 뭐, 오늘은 인사만 해 두기로 하지."

제스터는 그대로 몸을 날려 옆에 늘어선 호텔을 향해 도약했다.

하지만—.

"안 놓친다."

요란한 기계음과 함께 한자의 오른팔이 세차게 제스터를 향

해 뻗어 나갔다.

다시금 현현시킨 흑건을 움켜쥔 채, 날카로운 포크처럼 날아가는 오른팔. 그것이 마치 개구리의 혀처럼 뻗어 호텔을 향해 도약한 남자에게 적중하려 하고 있었다.

하지만 아슬아슬하게 미치지 못한 채 기계 팔의 움직임이 멈췄다.

엉겁결에 공중에서 몸을 틀어 방어 자세를 취하던 제스터는 안도 섞인 미소를 지은 채 웃었다.

그런데—.

철컥. 다시금 기계음이 울리더니 뻗어 나간 손목이 꺾이는 모양새로 열리더니—텅 빈 단면에서 뭔가가 세차게 사출되었다.

"뭣….."

그것이 그레네이드와 비슷한 특수유탄이라는 것을 알아챘을 때는 이미 늦은 뒤였고—.

성수가 섞인 탄두가 제스터의 머리에 꽂혀, 그대로 격렬하게 작렬했다.

5장

『1일 차. 이른 아침.
어둠 속의 그림자』

경찰서. 뒷문 주차장.

"…뭐야, 저거."

경찰서 뒷문으로 탈출한 아야카와 세이버가 총성을 듣고 뒤쪽 주차장에서 본 것은—옥상 끝에서 옆 건물로 건너뛰고자 도약한 남자와 그를 향해 팔을 뻗고 있는 신부. 그리고 신부의 팔이 유려한 동작으로 몇 배나 되는 길이까지 뻗는가 싶더니—그 기계적으로 생긴 팔 끝에서 유탄이 튀어나와 남자에게 직격해 작은 폭발이 일어나는 장면이었다.

그리고 그대로 상대는 인접한 호텔의 창문에 처박혔고—.

팔을 원래 길이로 복구시킨 신부가 그보다 조금 늦게 두 손에 몇 자루나 되는 검을 쥔 채 호텔을 향해 도약했다.

인접했다 한들 거리는 10미터도 더 떨어져 있어, 평범한 인간이라면 멀리뛰기 세계 챔피언이라도 떨어질 것 같은 거리였다.

하지만 신부복을 입은 남자는 가볍게 그것을 뛰어넘어 호텔 안으로 들어갔다.

"내가 꿈이라도 꾸고 있는 거야…? 아니면 저것도 영령이야?"

그 말을 들은 세이버가 문득 신경이 쓰이는지 아야카에게 물었다.

"너는, 나를 봤을 때 아무것도 안 느껴져?"

"이런 순간에 꼬시려는 거야? 어이가 없어서….."

"아니. 너는 분명 매력적인 여성이지만 지금은 그런 뜻이 아니야. 나를 보면, 근력이나 마력의 크기 등이 어렴풋이 이미지로 파악되거나 하지 않아? 문자라는 형태로 또렷하게 떠오른다든지….."

"무슨 소릴 하는 건지 전혀 모르겠는데….."

의아하다는 듯한 아야카의 말을 들은 세이버는 흠, 하고 생각에 잠겼다.

"그런가…. 역시 정식 마스터가 아니기 때문인가….."

"무슨 소리야?"

"뭐, 그건 나중에 천천히 설명하도록 하지. 안 보인다면 의미가 없을 테니까. 지금 중요한 건 너는 지금, 영령과 평범한 인간을 구분하지 못한다는 거야. 눈에 띄는 모습을 하고 있는 영령이라면 모를까, 사복으로 갈아입으면 겉모습은 평범한 인간과 다를 바 없는 녀석들도 많으니까."

세이버는 거기까지 말하고는 자신의 차림새를 확인한 뒤, 먼 하늘이 희미하게 밝아 오는 것을 보고서 중얼거렸다.

"나도 사복을 조달하고 싶지만… 응, 마침 날도 밝았으니 선언했듯이 나도 이 부지에서 나가도록 해야지."

× ×

호텔 내부.

경찰서에 인접한 호텔은 장소가 장소인 만큼 도시에서 가장 치안이 좋은 숙박시설로 자리매김하고 있었으나―그 평가는 오늘을 계기로 뒤집어지게 되었다.

느닷없이 인근에서 총소리며 폭발음이 울려 퍼지더니 그 폭발의 여파가 밀려든 것도 모자라 일부 객실이 피해를 입은 것이다.

우연히 빈 객실이었기에 다행이기는 했지만 악평이 퍼지는 것은 막을 수 없으리라.

호텔 스태프들이 그런 객관적인 상황도 파악하지 못하고 이리저리 뛰어다니는 가운데―.

그 '피해를 입은 객실'을 통해 호텔 내부로 침입한 신부는 결국 제스터의 모습을 발견하지 못했다.

완전히 기척을 죽이고 마력의 흐름까지도 완전히 차단하고 있었다.

그 대신 남아 있는 것은 복도에 쓰러져 신음하는 몇몇 부상자들이었다.

아마도 경찰서 방면에서 울려 퍼진 총성 등을 듣고 일어난 자들이 복도로 나온 것이리라. 개중에는 여자와 아이도 있는데다 팔이 베여 피가 나고 있는 자도 있었다.

"이봐, 괜찮아?"

"우으…. 무슨 일이….."

봉변을 당한 자들도 자신의 몸에 무슨 일이 일어났는지 모르는 눈치였다.

"상처를 천으로 누르고 있도록. 금방 구급차를 부를 테니."

그렇게 말하기는 했으나 만약 사도에게 무슨 짓을 당하기라도 했다면 섣불리 도시에 있는 병원으로 운송하게 둘 수는 없었다. 자칫 잘못해 살아 있는 시체가 대량 발생하는 사태가 벌어지기라도 하면 그야말로 성배전쟁이 문제가 아니게 되기 때문이다.

—보아하니 피를 빨리거나 저주가 걸린 낌새는 없지만….

그러던 참에 한자는 계단 아래에서 이쪽을 보며 바들바들 몸을 떠는 어린애를 발견했다.

"이봐, 소년. 뭔가 봤니?"

아직 열 살이 채 안 되어 보이는 소년은 파랗게 질린 얼굴로 고개를 끄덕였다.

"무서운 아저씨가… '걸리적거린다'라고… 사람들을…."

"그 무서운 아저씨가 어느 쪽으로 갔는지 아니?"

"…사라졌어."

"…그래. 무사해서 다행이다. 이제 안심해도 된다."

—과연, 죽이지 않은 것은 발을 묶어 두기 위해서인가.

한자는 온몸을 바들바들 떠는 소년의 머리를 가볍게 쓰다듬어 준 뒤, 휴대전화를 끄집어냈다.

"나다. 구경꾼들에 대한 '암시'는 누구 한 명한테 맡겨 두고 나머지 세 명은 건물을 포위해라. 밖으로 대피하는 녀석들 안에 숨어 있을지도 모르니 조심하고. 수상한 녀석은 한 놈도 놓치지 마라."

지시를 마저 내린 한자는 작게 한숨을 내쉬고는 세상만사를 걱정하는 투로 중얼거렸다.

"이것 참…. 사도가 성배를 바라다니, 정말 세상 말세로군."

×　　　×

경찰서 근방. 대로.

"멈추십시오."

경찰서를 떠나려 하는 아야카 일행의 앞을 한 여자가 가로막고 섰다.

검은 머리카락을 지닌 젊은 여성이었으나 어떻게 생겼는지는 알 수가 없었다.

왜냐하면 그녀는 두 눈을 뒤덮는 모양새로 기묘한 형태의 아이마스크를 쓰고 있었기 때문이다. 그 가죽인지 천인지 모를 재질의 눈가리개 중심에는 십자가 장식이 박혀 있었다.

전신은 검은 웨트슈트 같은 것으로 감싸여 있었는데, 그 몸에 딱 달라붙은 천의 각 부분에서도 기묘한 장식을 찾아볼 수 있었다.

팔에 감겨 있는 순백의 천이 나부끼고 있어, 아야카는 어디서 서커스라도 하는 걸까 하는 생각이 들었다.

"실례합니다. 주변에 있는 수상한 인간을 조사하라는 지시를 받았습니다."

"아니, 그쪽이 몇 배는 더 수상한데…."

눈살을 찌푸리며 그렇게 말한 참에 아야카는 알아챘다.

뒷문이 있는 이쪽에도 많은 구경꾼들이 오가고 있었지만 수상쩍은 차림새를 한 그녀를 쳐다보고 있는 자는 없었다.

―어?

―혹시 나한테만 보이는 거야?

오싹. 한기가 등줄기를 타고 퍼졌다.

머릿속에 빨간 두건을 쓴 소녀가 떠올랐다.

허둥대려던 참에 세이버가 그녀를 안심시키듯 말했다.

"시선을 피하는 결계야. 아마 저 팔에 두른 천의 힘이겠지. 우리에게만 모습을 보이고 있는 상태니 신경 쓰지 마, 아야카. 그나저나 조금 전부터 경찰서 주변에 자욱한 이 냄새… 집단암시를 걸기 쉽게 하는 향 같은 건가."

"집단암시?"

"아마도 조금 전의 마물과 신부의 전투를 은폐하려는 속셈이겠지. 성당교회의 사냥꾼 녀석들은 800년이 지나도 변함이 없군. 하지만 아무리 그래도 내가 마물인지 다른 무언가인지는 알 텐데?"

기묘한 차림새를 한 여자가 세이버의 말을 듣고는 공손하게 인사를 올렸다.

"서번트와 마스터이신 줄로 압니다. 실례했습니다."

"아니, 네가 사과할 필요는 없어. 직무에 충실한 건 좋은 일이니까."

그런 소리를 하고 있자니 호텔에서 차례로 사람들이 대피하기 시작하는 모습이 보였다.

"흡혈귀…. 아직 저 호텔에 있는 거야?"

"네. 출입구는 결계로 봉쇄해 뒀으니 사도가 통과하면 반응이 나타날 겁니다."

"그건, 저기서 흡혈귀가 나올지도 모른다는 거야?"

"네."

담담한 투로 고개를 끄덕이는 의문의 여자의 말에 아야카는 세이버를 흘끔 쳐다보았다.

"성가신 일에 휘말려 드는 건 사양이야…. 나는 여기서 떠날게."

"그렇군, 나도 따라가도록 하지."

"안 따라와도 되는데…."

아야카는 어이가 없다는 듯 한숨을 내쉬며 종종걸음으로 그 자리를 뒤로했다.

뒤에서 "시간을 봐서 중앙교회로 와 주십시오. 감독관이 마스터께 드릴 말씀이 있을 테니."라는 말이 들려왔지만 아야카와는 무관한 이야기였다.

"미안하지만… 난 마스터가 아냐. 미안해."

"……?"

고개를 갸웃한 여자의 등 뒤에서는 호텔 투숙객들이 차례로 대피를 하고 있었다.

그 속에 섞여 있던 한 어린아이가 아야카 일행을 흘끔 쳐다보았다.

시선을 피하는 결계를 펼치고 있을 터인, 교회 관계자 여자의 모습까지 남김없이.

조금 전 한자가 머리를 쓰다듬었던 그 아이는―.

대행자인 여자를 보고 순진함과는 거리가 먼 미소를 지었다.

그리고 **등 뒤로 이동시킨 영주**를 의식하며 마음속으로 중얼거렸다.

―아아, 진짜. 피곤하니 일단 좀 쉬어야지.

소년은 얼마간 대피 행렬에 서 있다가 행렬에서 벗어나 동이 터 오는 도시 속으로 사라졌다.

대행자의 결계를 빠져나오는 것도, 오르고 있는 아침 해에 온몸을 노출시키는 것도 지금의 그에게는 아무런 문제도 되지 않았다.

제스터 카르투레의 육체는 현재, 사도의 그것이 아니라―평범한 인간 소년의 것과 다름이 없었기 때문이다.

그리고 소년은 나이에 걸맞은 순수한 미소를 띤 채 중얼거렸다.

미소 뒤로 아이답지 않은, 뒤틀린 욕정을 품은 채.

"어새신 누나, 빨리 돌아왔음 좋겠다!"

×　　　×

경찰서.

"괜찮나."

전장이 된 경찰서.

성당교회의 대행자들이 암시를 잘 걸어 준 덕에 사건은 '무장강도가 체포된 동료를 구하고자 습격을 해 왔다'는 방향으로 수습되었다.

하지만 아직 로비와 주차장에는 생생한 상흔이 남아 있었고, 경관들도 만신창이라 해야 할 상태였다.

그런 침통한 분위기로 가득한 서내의 의료실에서 사도에게 오른쪽 손목을 빼앗긴 경관이 치료를 받고 있었다.

커다란 낫 형태의 보구를 든 여성경관이 치유 마술을 걸어주고 있는 듯했다. 상처에서의 출혈은 간신히 멈춘 상태였다.

하지만 잃어버린 손목을 재생하려면 높은 수준의 치유 마술이 필요하다. 평범한 의수를 준비한다는 수단도 있었지만, 그 상태로 곧장 전투에 복귀하는 것은 무리이리라.

"자네는 무리하지 마라. 남은 일은 우리가 어떻게든 할 테니."

"…아뇨, 싸우겠습니다. 싸우게 해 주십시오."

"그 부상으로 말인가? 다음에는 그야말로 영웅왕이나 세이버, 그리고 아직 정보조차 파악되지 않은 라이더와의 전투가 될지도 모르는데. 어새신 때보다 훨씬 가혹한 전투 속에서 발목을 잡지 않을 거라는 보장이라도 있는 건가?"

"그건…."

분한 듯 이를 악무는 경관을 보며 서장은 생각했다.

—이자는, 이 작전에 가장 적극적이었지.

각지에서 모은, 무소속 마술사의 피를 이은 '마술회로를 지닌 경관들' 중 한 명.

처음에는 한낱 장기짝으로만 생각했던 서장이었으나 그와 같이 열의가 넘치는 자도 있다는 것을 알고는 다소 생각을 바꾸었다.

그렇기에 개죽음을 당하게 할 수는 없는 일이었다.

이 전쟁에서 패해 자신이 죽은 뒤에, 다음 기회를 위해 그것을 이어받을 자가 필요하기 때문이다.

"자네에게는 아직 미래가 있다. 그것을 헛되이 꺼뜨릴 필요는 없어."

"하지만… 저는 도시의 미래를 지키고 싶습니다."

"도시의 미래?"

"영령과의 싸움뿐이라면 포기할 수 있었을지도 모릅니다. 하지만 그런 악랄한 녀석들을 방치해 뒀다간 도시가 어떻게 될지…. 마술사로서가 아니라, 경관으로서 내버려 둘 수 없습니다."

이제 30대가 되었을까 아닐까 싶은 경관의 말에 서장은 한숨을 내쉬며 말을 자아냈다.

"기개는 높이 사지. 하지만 근성론을 믿고 전체를 위험에 빠뜨릴 수는 없어. 아직 싸울 수 있다면 한쪽 팔이나 의수로 무기를 다룰 수 있다는 걸 실증해 보이도록."

"…해 보겠습니다."

서장은 투지로 가득한 목소리로 말하는 경관에게 더 말을 해야 할지 어떨지 고민했지만—.

가슴께에서 전화가 울려 대화는 강제적으로 중단되었다.

"…나다."

[여어, 형씨! 난리도 아니었군! 설마 흡혈귀가 나올 줄이야! 이거, 까놓고 말해서 내가 아니라 프랑켄슈타인 박사라도 소환해서 괴물을 대량으로 만들어 달라고 하는 편이 좋지 않았겠

어? 어엉?]

캐스터가 변함없는 투로 말하자 서장은 한숨을 내쉰 뒤에 담담하게 답변했다.

"농담치고는 재미가 없군. 사망자는 나오지 않았지만 중상을 입은 자가 나왔다."

[뭐, 그런 소리 말라고. 전쟁을 하면 부상자는 나오기 마련이니까. 그 괴물을 상대로 한 사람도 죽지 않은 건 행운이라 할 수 있다고. 이번 경험을 토대로 너희 장비의 힘을 더욱 끌어올려 줄 수도 있을 테고 말이야.]

"기대하도록 하지."

진심을 담아 그렇게 말했다.

자신들의 경험을 쌓음과 동시에 보구의 한계를 끌어올릴 필요가 있다.

아직 보구의 힘을 완전히 끌어내지는 못했지만 곧 보구의 진명을 해방시켜 완전한 능력을 발휘하는 자도 나타날 것이다. 보구 중 대부분은 엑스칼리버나 게 볼그와 같은 '진명'을 영창함으로써 힘을 최대한으로 발휘할 수가 있다. 그것을 모든 자가 할 수 있게 되면 높은 수준의 영령을 상대로 승리할 가능성도 생길 것이다.

[지금 상황에서 진명 해방에 가장 근접해 있는 건… 그래, 형씨. 형씨의 일본도야.]

"그런가. 다른 자들도 금방 따라붙게 하지."

서장은 단언하는 한편 결코 섣부른 계산만 가지고는 움직이지 않겠다고 자신에게 다짐했다.

　그런 서장의 말을 들은 캐스터는 말했다.

　[그건 그렇고 형씨. 시시고獅子劫라는 녀석이 보낸 물건이 도착했는데?]

　"…그래. 듣던 대로 일처리가 빠르군. 가능하면 우리 쪽 마스터로 끌어들이고 싶었을 정도로."

　시시고라는 것은 실력이 뛰어나기로 유명한 프리랜서 마술사의 이름이다.

　거금을 쥐어 주며 '어느 물건'의 입수를 부탁했지만, 성배전쟁 기간 중에 입수할 수 있을 확률은 50퍼센트 정도라고 보고 있었다.

　이토록 빨리 도착하다니, 그야말로 좌절하려던 참에 광명이 비춘 격이라 할 수 있으리라.

　그것을 증명이라도 하듯 전화 너머로 캐스터가 소견을 늘어놓았다.

　[이 정도 물건을 내가 처리하면 어지간한 영령이 되었건 흡혈귀가 되었건 아마도 심장에 도달할걸?]

　하지만 그 직후, 서장이 예상하지 못한 말이 튀어나왔다.

　[형씨 옆에 있는 부상당한 젊은이를 위해 만들어 주지. 먹혀버린 대거 대신에 말이야.]

　"…그가 싸울 수 있다는 걸 증명하면 주도록 하지."

[어엉. 기다릴게. 신대의 건포를 물로 되돌려 최고의 무기를 만들어 두고서 말이야.]

마치 그 경관이 복귀하리라는 것을 확신하는 듯한 말을 한 뒤, 캐스터는 전화 너머에서 '어느 물건'의 이름을 입에 담았다.

[이 히드라의 독단검毒短劍―영웅살해자를 토대로 말이지. 하핫!]

×　　　×

스노필드 서부. 대삼림.

도시에서 수십 킬로미터 떨어진 삼림 속―

여자 어새신은 깊은 숲속에서 몸을 웅크린 채 자신의 미숙함을 반성하고 있었다.

―이럴 수가….

―나는, 어리석기 그지없는 짓을 저지르고 말았다.

자신의 마력이 마르지 않는 데에 별다른 의문을 품지 않았다.

그저 앞만을 보고 있었다. 자신이 해야 할 일밖에 눈에 보이지 않았다.

그 결과가 이것이다.

마물이 부여한 마력으로 위대한 수장들의 기술을 행사하고 말았다.

―수장들의 위업을 더럽히고 말았다.

―내겐 더 이상… 신도를 칭할 자격도 없어.

그녀가 암살자들의 수장, '산의 노인'으로 선발되지 않았던 이유는 그녀의 광신자적인 일면을 주위 사람들이 두려워했던 것을 비롯해 여러 가지가 있었지만―그중 하나를 꼽자면 그녀는 암살자가 되기에는 너무도 우직하다는 이유를 들 수 있었다.

경찰서에서 있었던 일만 해도 평범한 암살자라면 정면에서 깨부순다는 선택지는 택하지 않았을 것이다. 대중에게 '암살자의 힘'을 과시하기 위해 일부러 남의 눈에 띄는 곳에서 살해를 하는 일도 있기는 했으나 '산의 노인'이라 불리는 수장들 중에는 진정 '암살자'라 부르기에 걸맞은 행동을 하는 자들이 많았다.

그녀의 행동에서는 그러한 '암살자'로서의 일면보다도 '전사'로서의 일면이 두드러졌기에 당시의 간부들은 그녀가 '산의 노인'이 되는 것을 두려워했다.

조직이 변질되어 자신들의 정체가 세상에 탄로 나게 될지도 모른다는 위험을 감지해 낸 것이다.

자각이 없는 여자 어새신은 자기 자신의 미숙함을 계속 탓했다.

—나는 자만하고 있었던 건가.

—이렇게 미숙한 자에게 수장들을 현혹시킨 이단의 의식을 벌할 자격이 있기는 했던 것인가?

—그런 나 자신도 성배에 끌려 나온 몸이 아니던가.

—그래, 나는 애초에 성배의 부름에 응했던 거다.

—성배를 원하는 자가 성배전쟁에 소환된다.

—억지로 알게 된 이 지식이 진짜라면, 나도 성배를 원하고 있었다는 뜻이 된다.

—그렇다, 나는 실제로 성배를 원하고 있었다.

—성배를 손에 넣어, 그것을 파괴함으로써 자신의 신앙심을 증명하고자 했다.

—자기현시욕을 위해 내가 그렇게 하리라는 것을….

—결과적으로 성배를 바라리라는 것을 성배전쟁의 혼돈에게 간파당한 거다.

그녀는 땅에 무릎을 꿇은 채 자신의 유약함을 부끄러이 여겼다.

—이러한 이단의 의식에조차, 내 천한 내면을 간파당한 거다.

그녀의 체내시계가 의무인 예배시간이 되었음을 알렸다.

하지만 그녀는 부정해진 현재의 자신에게는 예배를 올릴 자격이 없다고 생각했다.

그 대신 그녀는 명상에 잠겨, 자기 자신의 유약함과 마주하기로 했다.

그로부터 얼마나 시간이 경과했을까.

천천히 자리에서 일어난 그녀의 두 눈은 어둡고 날카로운 광채로 가득 차 있었다.

ー아직… 끝나지 않았다.

보통 사람이었다면 마음이 꺾여 싸움을 포기했을지도 모른다.

아니면 '사도의 마력이건 뭐건 알 게 뭐냐'며 타협했을지도 모른다.

하지만 그녀는 그 둘 중 어느 쪽도 택하지 않고, 그렇다고 도망치지도 않고 자신의 입장을 돌아보았다.

ー내가 여기 존재하는 것도 신의 뜻에 의한 것이다.

ー지금, 이 시간도 내게 주어진 '운명'의 일부라면ー나는 해야 할 일을 해야만 한다. 도망치는 것이 허락될 리가 없다.

ー내가 해야 할 일은… 변함없다. 이 이단의 의식을 파기하는 것이다.

ー그리고… 그 마물을, 사냥한다.

ー내 미숙함 따위는… 멈춰 설 이유가 되지 못한다. 그것을 변명거리로 삼을 수는 없는 일이다.

그녀의 행동이 자신의 감정을 정리하기 위한 것인지, 아니면 다른 무언가를 위한 것인지는 알 수 없었다.

여자 어새신은 그저 몇 분 동안 웅크려 앉아 시간을 헛되이 보낸 자기 자신의 유약함이 수치스러울 뿐이었다.

─아아, 나는 왜 이리도 미숙하다는 말인가.

아침 햇살이 숲에 들이치는 것을 확인하는 그녀의 눈에는 이미 망설임이 없었다.

유약함을 인정한 채 그녀는 다시금 싸우는 길을 택한 것이다.

─저 마물을 쓰러뜨리려면 어떠한 수단을 써야 하나.

인간이 아닌 마魔.

분명 한 번은 망상심음─자바니야로 심장을 으깼었다. 하지만 아직 존재하고 있는 것 또한 사실이었다.

─녀석에게, 심장은 몇 개 있지?

─어떻게 하면 녀석의 모든 것을 없앨 수가 있지?

여자 어새신은 다시금 자신이 지닌 힘에 관해 생각해 보았다.

선도자들의 기술의 모방. 하지만 성질은 같아도 위력까지 완전히 같지는 않았다.

그녀 본인은 모든 기술에 있어 '선도자들에게는 미치지 못한다'고 생각했지만 그 효과에는 기복이 있어, 실제 '산의 노인'이 사용했던 기술과 같은 힘을 지닌 것도 있는가 하면 앞서는 것, 뒤지는 것도 존재했다.

이를테면 '정밀'이라 불렸던 산의 노인이 사용했던 '망상독신妄想毒身―자바니야'라는 기술.

'정밀' 본인이 지녔던 힘은 실로 강력하여 모든 체액, 손톱이며 피부, 호흡에 이르기까지 자신의 모든 것을 맹독으로 만들 수 있었다고 한다. 만군을 상대해도 바람에 독을 실음으로써 모두를 몰살시켰다는 무시무시한 전설이 남겨져 있었다.

하지만 여자 어새신은 자신의 '피'에 독을 응축시켜 일시적으로 그것을 흉내 내고 있는 것에 불과했다. 이는 그녀가 무차별적으로 주변에 죽음을 흩뿌려 동포나 무고한 백성까지 죽일지도 모른다는 상상을 하여 독의 농도가 줄어든 탓이라 들었다.

'광상섬영―자바니야'는 머리카락을 자유자재로 신축시켜 조종하는 기술이지만 실제 사용자였던 '산의 노인'은 머리카락 한 가닥 한 가닥을 거미줄처럼 가늘게 변질시켜 몇 리 떨어진 곳에서 아무에게도 들키지 않고 상대의 목을 날릴 수 있었다는 구전이 남아 있었다.

반대로 여자 어새신은 모르는 일이었지만 가청영역을 넘어선 노랫소리로 상대를 조종하는 '몽상수액―자바니야'는 본가의 위력을 뛰어넘는 힘을 지니고 있었다. 조금 전과 같이 여러 명이 대상일 때는 뇌를 뒤흔들어 마술회로를 폭주시키는 효과밖에 일으키지 못하지만 한 사람에게 '노래'를 집중시키면 어지간한 서번트로 하여금 무릎을 꿇리고, 인간이라면 뇌 그 자체를 지배해 조종할 수도 있을 정도였다.

본가에게도 그 정도의 위력은 없었지만 그녀가 그 사실을 알았다 한들 인정하지 않았으리라. 그녀에게 있어서는 자신의 힘으로 이루어 낸 시점에서 이미 범접할 수 없는 위업이라 할 수 있었기에.

여자 어새신은 그러한 무수한 '보구'의 영역에 달한 기술을 머릿속에 나열하고서 마물을 없애는 데 가장 적합한 방법에 대해 생각했다.

하지만 그러던 중에 아주 사소한 위화감에 사로잡혔다.

생전에도 때때로 느꼈던 의문이었다.

'명상신경─자바니야'라 불리는, 주변 지형 구조를 완전히 자신의 몸처럼 지각하는 기술.

경찰서에서 전원장치를 찾을 때 사용했던 기술이었지만, 이 기술을 쓸 때면 뭔가 묘한 위화감에 사로잡히고는 했다.

이 기술은 어느 '산의 노인'이 사용했다고 전해지지만, 대체 어느 시대에 존재했던 '산의 노인'인지는 정확히 파악되지 않았다.

그녀뿐 아니라 그녀의 동포들이나 지도자, 현역 '산의 노인'도 모르기는 마찬가지였다.

하지만 그러한 기술을 사용하는 '산의 노인'이 있었다는 전

승만이 남겨져 있어, 그것을 토대로 기술을 재현해 보았으나
―.

　―정말로, 이 '명상신경―자바니야'의 능력은 이러한 것일
까.

　―아니, 정말로 '명상신경―자바니야'라는 것을 쓰는 '산의
노인'은 존재했던 것일까?

　광신자라 불리는 그녀조차 그런 의문을 품게 되었다.

　아니, 모든 것을 바쳐 모든 기술을 모방해 온 그녀이기에 그
런 의문을 느낀 것일지도 모른다.

　―뭔가가… 숨겨져 있는 것 같다.

　―이 '명상신경―자바니야'를 사용했다는 '산의 노인'은 정
말로 실재――.

　거기서 그녀는 강제로 사고를 멈췄다.

　의심해서는 안 된다.

　그녀는 그러한 생각을 하는 것은 역시나 자신이 미숙하기 때
문이라며 크게 부끄러워하며 다시금 적을 쓰러뜨리기 위한 생
각에 잠겼다.

　마음속에서 그 기묘한 위화감과 '무언가가 일어날지도 모른
다'는 운명적인 예감이 작은 소리로 신음을 흘리고 있음을 느
끼며.

마치 무언가와 공명하기라도 하듯.

×　　　×

콜즈맨 특수 교정 센터.

시간을 다소 거슬러 올라가―.

"자아…, 슬슬 시간이 됐군요."

경찰서가 여자 어새신의 습격을 받기 직전, 팔데우스는 형무소의 가장 깊은 곳에 있는 자기 자신의 지하공방에 있었다.

그는 근대적인 형무소 안이라는 것이 믿기지 않을 정도로 마술적인 장식이 된 공방 중앙에 서서 천천히 호흡을 가다듬고 있었다.

주변에는 정교한 마네킹부터 주술에 사용하는 듯한 헝겊 인형까지, 다양한 종류의 인형이 자리하고 있었으며, 그 모든 것들의 '눈'은 중앙에 위치한 대좌를 바라보고 있었다.

팔데우스 디오란도.

그는 대대로 인형을 쓰는 마술사의 가계에서 났으며 일찍이 '후유키의 성배전쟁'에 참가했던 마술사의 친족이기도 하다.

제2차 세계대전 전에 치러졌던 '제3차 성배전쟁'.

어새신을 사역했다고 하는 마술사의 싸움은 그가 사용했던 인형에 마술적인 '기억'으로 새겨져, 그 인형을 통해 일족에게 전해져 왔다.

한 사람에게만 전해진 것이 아니라 먼 친척인 자들에게까지 넓게, 제한 없이.

하지만 일족 중 '내가 성배전쟁을 평정하겠다'고 나서는 자는 단 한 명도 나타나지 않았다.

연이은 규정 위반. 금기의 술법과 이매망량이 소용돌이쳤다고 전해지는 제3차 성배전쟁.

그 생생한 기록을 보고 난 이상, 평범한 마술사가 주저하는 것도 무리는 아니었다.

어쩌면 일족 중에서도 힘이 있는 자는 그 성배에 뭔가 좋지 않은 것이 섞였다는 것을 알아챘을지도 모른다.

그런 가운데―팔데우스의 조부는 합중국의 정치가 및 군부와 손을 잡고, 어떤 계획을 세웠다.

성배전쟁을 자신들의 땅에서 집행하겠다는 계획.

불가능한 일로 보였다.

좌우간 아인츠베른의 비술인 성배전쟁의 근간, 토지에 뿌리를 내리는 '대성배'의 원리조차 외부로 누설되지 않았기 때문이다.

하지만 그것은 향후의 과제로 두고 후유키의 토지와 필적하는 영지靈地를 확보하고, 밑바탕으로 삼을 준비만은 진행해

왔다.

어찌 되었건 유용한 영지의 확보는 정부로서도 필요불가결한 요소였던 것이다.

성당교회의 권력이 강한 합중국에서는 마술을 정치에 결부시키려 하는 움직임은 억압당해, 어디까지나 일부 기관의 관할이라는 위치에 머무르게 되었다.

100년 뒤, 200년 뒤에 조금이라도 후유키의 성배전쟁에 근접하면 그만이다.

설령 미국이라는 국가의 시스템이 바뀐다 해도 계속 그곳을 기반으로 삼을 수 있는 조직을 구축하면 되는 것이다.

'그들'은 그렇게 결심하고는 토지 수호 일족으로부터 토지를 막무가내로 빼앗아, 그 땅의 영맥을 대규모로 휘저어 댔다.

하지만 팔데우스의 아버지가 그 사업을 이어받았을 무렵, 100년도 채 되지 않아 커다란 전환기를 맞았다.

팔데우스의 가계와는 별개로 정부의 암부暗部와 연이 있던 마술사가―대성배 시스템의 일부를 재현할 수 있다고 제안해 온 것이다.

"후유키에 있는 성배의 일부를 훔쳐 오지."

"그걸 이쪽에서 배양하면 돼."

말도 안 되는 소리.

모두가 그렇게 생각했지만 그 마술사는 과거 정부에 몇 가지 실적을 남겼던지라 아주 무시할 수도 없었다.

하지만 대성배를 배양한들 가짜는 가짜다. 완벽한 존재인 후유키의 성배에 비해 영맥과의 연결 상태도 강하지는 않을 것이다.

그런데도 정말 재현할 수 있겠느냐고 물은 팔데우스의 아버지에게, 마술사는 말했다.

"기폭제로 삼으면 돼."

"기폭제라."

아버지에게서 들은 이야기를 떠올리며 팔데우스는 쓴웃음을 지은 채 혼잣말을 했다.

"그 '기폭제'가 도시 남쪽에 유리로 된 크레이터를 만들다니, 아이러니하기 그지없군."

그는 한숨을 푹 쉰 후, 조용히 미소를 지우고는 자신의 임무를 개시했다.

"소재로 은과 철. 토대는 돌과 계약의 대공――."

팔데우스의 입에서 흘러나온 말은 의심할 여지가 없는 '영령소환'의 주문이었다.

길고 긴 주문이 흘러나올수록 공기의 질이 바뀌어 갔다.

있을 수 없는 영창.

일어날 리 없는 의식.

성배전쟁을 아는 마술사라면 모두가 그렇게 생각하리라.

왜냐하면 이미 영령은 모두 소환되었기 때문이다.

스노필드에서의 영령은 여섯.

그것은 팔데우스 자신이 란갈을 비롯한 마술사 협회에 선전한 바였다.

그리고 **그 말에 거짓은 없었다.**

거짓된 성배전쟁.

진짜면서 가짜 의식의 일부로 소환된 영령들.

그들은 제물에 불과했다.

영맥을 휘저어 일정한 방향으로 '파도'를 집약시키기 위한.

그리고 그 반동을 이용해―진짜 성배전쟁을 개시하기 위한 제물.

"――억제의 고리로부터 오라, 천칭의 수호자여…!"

영창을 마친 순간―팔데우스의 공방이 빛으로 가득 찼다.

주변에 자리했던 무수한 인형들의 눈이 그 빛을 반사하며 달각달각 흔들리기 시작했다.

영령의 현현을 축복하듯.

혹은 충만한 죽음의 기적에 몸을 떨듯.

그리고, 빛이 방의 한 점에 집속되더니—.

아무 일도 일어나지 않았다.

"……?"

빛이 사라지자 인형들의 수런거림도 잦아들어, 그저 차가운 정적만이 공방을 뒤덮었다.

"…실패…?"

영령의 기척도, 마력의 통로가 이어지는 것도 느껴지지 않았다.

무엇보다도 영령의 '그대가 마스터인가'라는 물음이 들려오지 않았다.

"흠…."

하지만 팔데우스의 얼굴에 초조한 빛은 없었다.

솔직히 말하자면 성공 확률은 반반이라 생각하고 있었다.

여섯 영령을 기폭제 삼아 추가로 일곱 번째 '영령'을 불러내다니, 그 무슨 허무맹랑한 소리란 말인가.

좌우간 이미 영웅왕과 같은 강력한 영령이 현현하여 '기폭제'치고는 총량이 지나치게 많을 정도인 것이다.

"뭐, 그렇다면 플랜 B로 넘어가 볼까요."

팔데우스는 작은 소리로 한숨을 내쉬고는 그대로 공방을 뒤로했다.

×   ×

　제2의 공방이기도 하며 모니터 룸으로도 사용되고 있는 형무소의 한 구획.

　그곳에 들어간 참에 팔데우스는 작업 중이던 알드라를 비롯한 부하들에게 말했다.

　"플랜 B로 이행하죠. 프란체스카 씨와 올란도 씨에게 연락을."

　"…영령은 현현하지 않았습니까?"

　알드라의 직접적인 물음에 팔데우스는 선뜻 고개를 끄덕였다.

　"네. 역시 '시간제한'을 붙여도 한 번에 현현할 수 있는 건 일곱이 한도인 거겠죠. '일곱 번째 가짜'를 끝으로 거짓된 성배전쟁을 수행하겠습니다."

　─이 경우, 성배가 현현할지 어떨지는 알 수 없지만… 그것을 비롯해 다음 과제로 삼아야 하나.

　─하지만 영주만은 선명하게 떠올랐는데….

　─현재 있는 마스터를 처리하고 이 영주로 영령과 재계약할 수도 있는 건가?

　팔데우스는 오른손의 영주를 차가운 눈으로 보며 메모용지에 펜으로 경과를 적은 뒤, 각 방면에 연락을 하려 했다.

　그리고 그는 아주 작은 위화감을 느꼈다.

질서정연하게 배치된 모니터 중 몇 개에 노이즈가 발생했다.

그것뿐이라면 단순 고장이라 생각할 수도 있었겠지만―문제는 '사역마가 보내온 영상'에까지 노이즈가 발생했다는 것이었다.

모니터의 형태를 띠고 있기는 하지만 마술적인 것이다.

평범한 노이즈가 일어날 리는 없으니 다른 외부의 마술사로부터 간섭을 받고 있는 것인가 하는 의심이 들었다.

그리고 모니터 체크를 하던 도중―팔데우스는 자신이 메모용지에 낙서를 하고 있다는 사실을 알아챘다.

―이런, 나도 모르게.

―평소에는 이런 짓을 하지 않는데….

―역시 영령을 소환하지 못한 것에 다소 충격을 받은 건가?

자신의 행동에 고개를 갸웃한 뒤, 메모용지를 찢으려 했다.

그러던 찰나, 갑자기 손이 멈췄다.

낙서 중에 자신의 필적과는 전혀 다른 글씨체로 명확한 의미를 띤 문장이 적혀 있었기 때문이다.

'묻겠다, 그대가 나의 마스터인가?'

뒤통수 부근에서 핏기가 일제히 가시는 듯한 느낌이었다.

초조해진 것을 내색하지 않기 위해 팔데우스는 천천히 주변을 둘러보았다.

그러다 그는 어둠을 보았다.

노이즈가 낀 모니터에는 형무소의 바깥 풍경이 비춰져 있다.

조명의 사각지대에 놓인 숲속.

그 유달리 깊은 어둠 속에 팔데우스의 시선이 못 박혔다.

정확히는 그 중앙에 떠오른 작고도 하얀 물체에.

사역마와 링크되어 있는 마술기구 쪽의 모니터였다.

그는 사역마에게 지시를 내려 그 어둠에 접근시켰다.

이윽고 팔데우스는 확신했다.

그 어둠 속에 떠올라 있는 것이 울퉁불퉁 일그러진 해골가면이라는 것을.

"…실례, 잠시 바깥 공기 좀 쐬고 오겠습니다."

팔데우스는 방을 나서 빠른 걸음으로 그 영상에 비친 장소로 향했다.

외부 마술사의 함정일 가능성도 있다.

신중히 주변을 경계하며 형무소의 통로를 나아갔다.

동이 트기 전의 긴 통로.

창문으로는 거의 빛이 들지 않는 복도를 빠른 걸음으로 걷던 참에―.

복도 막다른 곳에 있는 형광등이 명멸하더니 결국 완전히 꺼져 버렸다.

전방에 느닷없이 암흑이 생겨났다.

그런 가운데 팔데우스는 보았다.

짙은 어둠 속에 떠오른, 하얀 해골가면을.

—틀림없어.

—저 해골가면은… 어새신의 영령이다.

소환에 성공한 건가?

아니, 이미 소환되어 있는 '제물'로서 불러낸 어새신이 아닐까?

온갖 억측이 떠오르는 가운데—복도 끝의 형광등이 다시금 켜짐과 동시에 하얀 가면이 사라졌다.

"방금 그건….”

중얼거린 순간, 이번에는 자신의 머리 위에 있는 형광등이 꺼졌다.

그와 동시에 등 뒤에서 목소리가 들려왔다.

"…돌아보지 마라.”

간신히 남자라는 것을 알 수 있는 목소리. 하지만 연령이나 체격 등은 전혀 상상이 되지 않는 무미건조한 목소리가 팔데우스의 바로 등 뒤에서 들려온 것이다.

"…윽!"

팔데우스는 그 순간, 자신의 죽음을 각오했다.

여기서 무슨 짓을 하건 모두 부질없이 끝날 것이다.

자신이 지닌 어떠한 마술을 행사한들 이 상황에서 살아남는 것은 불가능하리라.

팔데우스는 그만큼 명확한 '죽음'의 예감을 느꼈다.

등 뒤에 무엇이 있는지는 알 수 없다.

어둠이 무한히 펼쳐져 있을 듯한 기분마저 들었다.

그런 생각이 들 정도로, **아무것도 느껴지지 않았다.**

살의로 가득한 목소리 따위가 아니라, 그와는 정반대되는 목소리—.

등 뒤에서 들려온 목소리에는 기척이라 할 만한 것이 전혀 느껴지지 않았던 것이다.

공기조차 존재하지 않는 '무無'의 공간이 직접 자신에게 말을 걸고 있는 듯한 감각이었다.

그야말로 자신의 망상이 만들어 낸 환청이 아닐까 의심이 될 정도로—그 '목소리'의 존재감은 희박했다.

그래도 한 가지는 상상할 수 있었다.

자신의 등 뒤에 무언가가 있다면—그것은 방금 전, 어둠 속에 떠올라 있던 하얀 가면이리라는 것을.

"묻겠다…. 그대가 나의 마스터인가."

허무의 물음.

돌아보면 그곳에 답이 있을 터인데, 팔데우스는 도저히 그럴 수가 없었다.

그가 할 수 있는 것이라고는 정적 속에서 자신의 등 뒤에 선 남자를 향해 입을 여는 것뿐이었다.

"…네. 조금 전의 소환으로 당신이 나타난 것이라면, 그렇게 될 겁니다."

얼마간 침묵이 이어지더니 속삭이는 듯한 목소리가 팔데우스의 고막을 흔들었다.

"…그대에게, 신념은 있는가."

"신념…?"

의아해 하는 팔데우스의 등 뒤에서 목소리는 그저 담담히 말을 던져 왔다.

"…그대에게는, 인생을 바칠 만한 신념이 있는가?"

잠시 생각한 뒤, 팔데우스는 호흡을 가다듬으며 답했다.

"우리 합중국을 위해 마술의 모든 것을 바치는 일. 그것이 제 신념입니다."

"…인간의 명맥을 끊는 한이 있어도, 그것을 관철할 각오는 되어 있는가?"

"인간을 죽이는 한이 있어도, 라는 뜻입니까."

"…나와 계약한다는 것은, 그런 것이다."

성배전쟁인 이상, 목숨을 걸고 싸울 각오가 된 마술사는 많을 것이다. 하지만 자신에게 닥친 '죽음'을 농후하게 실감할 수 있는 상황에서 즉답할 수 있는 마술사가 몇이나 될까.

짧은 침묵 후, 젊은 마술사는 놀랄 만치 평온한 마음으로 입을 열었다.

"물론. 합중국을 위해서라면 나는 국민을 죽이는 일 또한 마다하지 않아."

팔데우스가 단언하자 얼마간 정적이 내려앉더니, 등 뒤에 있던 어둠이 말을 내뱉었다.

"…내 이름은, 핫산 사바흐."

영령은 스스로 진명을 밝혔다.

팔데우스는 확신했다. 아직 계약이 성립되지 않은 이상, 이것은 염화가 아니다.

하지만 분명 그 이름은 자신의 귀에만 들렸을 것이다.

속삭임은 정말로 팔데우스의 뇌에서 한 부분만을 진동시켰다.

마치 내장에 스며드는 저주처럼도 느껴졌다.

"그대가 신념을 잃지 않는 한, 나는 그대의 그림자가 될 것이다."

그리고 끝까지 모습을 드러내지 않은 채—'그림자'는 마지막 말을 남기고는 그대로 어둠 속으로 사라졌다.

남겨진 것은 아직도 움직이지 못하는 팔데우스뿐.

마력의 선이 멀리 있는 '무언가'와 연결된 듯한 기분이 들었다.

하지만 마력의 이동은 거의 느껴지지 않아, 정말로 링크가 된 것인지 어떤지조차 그 자리에서 판단할 수가 없었다.

"과연…. 새삼 실감했습니다."

답변을 조금이라도 잘못했다면 죽었을지도 모른다.

소환한 영령도 단추를 하나만 잘못 채우면 사신으로 변한다.

영령의 부조리함, 그리고 공포를 실감한―.

팔데우스는 식은땀을 흘리며 작은 소리로 웃었다.

"이것이… 성배전쟁인가."

6장
『1일 차. 낮.
두 사람의 아처, 그리고』

꿈속.

"와아! 멍멍이다~!"

순진한 목소리가 볕이 쬐는 정원에 울려 퍼졌다.

"고양이랑 다람쥐도 있어!"

그녀는 타박타박 정원 잔디밭 위를 오가는 동물들을 쫓다 그 중 한 마리를 잡아서 안아 올렸다.

"다들 새까망 씨가 데려와 준 거지?! 고마워!"

소녀가 시선을 들어 보니 거기에는 검고 거대한 그림자—라이더가 꿈틀대고 있었다.

츠바키는 이 서번트를 '새까망 씨'라 부르며 딱히 무서워하지도 않았다.

하늘에는 무수한 새들이 무리를 이루어 날고 있었고 그녀의 주변에는 작은 동물들이 활기차게 뛰어다니고 있었다.

조촐한 동물원의 동물 교감交感 행사 같은 분위기 속에서 츠바키는 행복을 만끽하고 있었다.

"츠바키, 슬슬 점심 먹자."

"손 깨끗이 씻어야 한다?"

"네에!"

부모님의 말을 듣고 집 안으로 들어가는 츠바키.

그녀는 한 번 정원으로 고개를 돌려 햇볕으로 가득한 그 광경을 바라보았다.

새의 지저귐.

개와 고양이가 일광욕을 하고 있는 잔디밭.

나무열매를 갉아먹는 다람쥐 가족.

그녀가 이상으로 여겼던 '정원'의 풍경이었다.

딱 한 가지 이상한 점이 있다면 그 중심에 거대한 그림자가 출렁거리고 있다는 것이었지만, 츠바키는 그 이상함도 알아채지 못한 채 만족스럽게 미소 지었다.

그 조촐한 정원의 대가로, 세상에서 무슨 일이 일어나고 있는지도 모르고.

×   ×

싸구려 모텔.

[다음 뉴스입니다. 스노필드 시내의 동물병원이 현재 만원 사태를 빚고 있다고 합니다. 오늘 아침부터 시내 각지에서 동물들이 혼수상태에 빠지는 현상이 다발하여, 주민들 사이에서 신종 전염병이 아닌가 하는 불안감이 퍼지고 있습니다. 혼수상태에 빠진 동물은 모두 의식을 되찾았다고 합니다만, 피부에 검붉은 반점이 떠올라 있는 것에 주목한 시 당국은 위생국과 연계하여 조사를──.]

시내 케이블 TV에서 그런 뉴스가 흘러나오는 가운데, 싸구려 모텔 방에 느긋한 목소리가 울렸다.

"우와아, 드디어 수속이 끝났네! 됐어요, 잭 씨!"

「음. 기뻐하는 건 좋지만, 일단 내 진명을 당당히 입에 담는 건 좀 그렇지 않나 싶네.」

"아, 그렇죠? 죄송해요! …그럼, 뭔가 별명이라도 생각해 보죠! 으음…. 영국식 헬 슬래셔 씨라든지….""

「그냥 버서커라고 부르게나.」

버서커 워치가 신이 난 듯한 플랫에게 못을 박았다.

플랫이 들떠 있는 이유는 손에 든 휴대전화였다.

사진을 첨부해 이메일 등을 보낼 수 있는 데다 국제전화도 걸 수 있는 최신형 휴대전화로, 이로써 시계탑에 있는 스승에게 연락을 취할 수 있게 되었다며 기뻐하고 있는 것이다.

"드디어 여러모로 연결이 되게 되었네요. 기껏 어제 본체를 사 놓고는 평범한 카메라랑 라디오로밖에 못 쓰고 있었으니까요."

플랫은 화면을 보며 여러 가지 사진을 띄워 나갔다.

그중에는 폭발한 오페라하우스 사진 등도 있었다.

"어제 그 영령이 연설할 때 사진으로 찍어 둘 걸 그랬네. 인터뷰한다고 들뜨는 바람에 사진 찍는 걸 깜박했어요….""

「뭐, 사진을 찍는 것도 적 영령의 정보를 얻기 위한 방법이라

할 수 있으려나….」

플랫은 어떻게든 긍정적으로 받아들이려 하는 잭에게 눈빛을 빛내며 말했다.

"아, 하지만 그 사도랑 또 한 명의 영령은 사진으로 찍었어요, 저!"

플랫이 손목시계에게 휴대전화의 화면을 들이댔다.

거기에는 어제 경찰서 주차장에서 날뛰었던 사도의 모습이 비춰져 있었다.

"이건 귀중한 사진이에요! 사진을 찍던 다른 사람은 교회 쪽 사람의 암시에 걸려 제 손으로 데이터를 지우거나 했으니까요! 아아, 암시회피 훈련 받아 두길 잘 했어~!"

「잠깐. 흡혈귀도 신경 쓰이지만, 그보다 '또 한 명의 영령'이라는 것에 대해 자세히 가르쳐 주게나.」

"아, 그렇지. 잭 씨는 그 신부님이랑 사도의 배틀을 보느라 정신이 팔려서 못 알아챘었죠."

「왜 그때 내게 말하지 않은 건가?!」

"이야아, 순식간에 일어난 일이라 나중에 말해도 괜찮겠지 싶어서."

플랫이 담백하게 말하자 버서커는 '슬슬 한 번 진지하게 설교를 하는 편이 좋으려나' 하는 생각이 들어 염화로 큰 소리를 치려 했지만—.

그보다 한 박자 빠르게 플랫이 자아낸 말이 그의 마음에 찬

물을 끼얹었다.

"게다가… 아마 섣불리 소란을 피우다 발각됐으면, **순식간에 살해당했을 테니까요.**"

「…뭐라고?」

"그렇게 굉장한 에너지의 '덩어리'는 처음 봤어요. '어떤 능력을 가지고 있을까'라든지, '진명은 뭘까'라든지 하는 것 이전의 문제라… 아마 발각된 순간에 살해당했을 거예요."

플랫의 표정은 평소와 같았지만 버서커는 직감적으로 이해했다.

이 소년은 거짓말은 한마디도 하지 않았으리라고.

버서커는 죽음이 자신들의 옆을 스쳐 지나갔다는 사실을 태연하게 입에 담는 것도 모자라, 여태 말하는 것도 잊고 있었다는 소년을 보며 불안감과 기묘한 안심을 동시에 느꼈다.

「…나 원, 자네는…. 평범한 바보인가 했더니만 묘한 부분에서 냉정하군.」

"지금까지 바보라고 생각하셨어요?"

「화났나?」

"아뇨, 반대로 뭔가 기쁜데요."

플랫은 즐거운 듯 웃더니 제2의 고향이라 할 수 있는 시계탑을 떠올리며 말했다.

"저, 어릴 적부터 이상하게 사람들이 절 무서워하거나 피하기만 해서…. 그렇게 대놓고 바보니 머저리니 하며 화내 준 건 교수님이랑 그 여동생인 공주님이랑, 같은 교실에 있던 애들이랑 졸업생 분들뿐이었거든요…."

버서커는 쓸쓸히 말하는 플랫을 순간 동정할 뻔했으나 퍼뜩 생각을 고쳤다.

「아니…, 그거… 평범하게 생각해 봤을 때 제법 많지 않나?」

×　　　×

몇 분 뒤. 런던. 시계탑.

아침을 맞은 스노필드와는 달리 동이 트려면 아직 한참 남은 런던.

마술협회의 중추인 시계탑의 방 한 칸에서 두 간부가 '스노필드에서 벌어진 성배전쟁' 문제의 고문으로서 얼굴을 맞대고 있었다.

"역시 그 녀석은… 바보에 머저리다…."

로드 엘멜로이 2세가 뺨을 씰룩거리며 신음하자 동석했던 노령의 남자─로코 벨페반이 한숨을 내쉰 뒤에 입을 열었다.

"동정하네, 2세 공."

두 사람이 보고 있던 것은 스노필드 현지에 잠입시킨 마술사가 보내온 영상이었다.

마술통신에 쓰는 수경에 비친 것은 스노필드의 지방 케이블 TV 뉴스의 영상을 녹화한 것이었다.

[에? 이거, TV에 나오나요?! 우와~. 교수님이랑 라이네스, 보고 있어요~?!]

카메라를 향해 신이 나서 그런 소리를 하는 플랫을 본 순간, 엘멜로이 2세는 위장이 어쭙잖은 실력으로 바이올린을 퉁기며 춤을 추는 것이 아닌가 하는 착각이 들었다.

미간에 깊은 주름이 잡힌 엘멜로이를 본 로코가 연민 어린 투로 말했다.

"떠맡긴 내게도 일부 책임이 있지만, 솔직히 말해서 아직도 저 녀석을 떠안고 있는 그대를 보고 있자면 감탄스러운 나머지 어이가 없을 지경이네."

노령의 마술사는 끼익, 하고 의자를 삐걱대며 말을 이었다.

"사제師弟가 나란히 교수 몰래 성배전쟁에 참가하다니…. 무모함도 그대로 배운 모양이군."

"뭐라 드릴 말씀이 없습니다."

"하지만 말이네, 플랫은 문제아이기는 해도 의심할 여지없는 천재이기도 하네. 만에 하나, 대성배의 시스템을 시계탑으로 가지고 올 수 있다면 그보다 좋은 일은 없을 텐데 말이지. 그야말로 영령 그 자체를 시계탑에 데려만 올 수 있다면, 역사를 뒤집을 연구대상이 될걸세."

요컨대 노른자를 슬쩍할 수 없겠냐는 소리를 하는 노인에게, 엘멜로이 2세는 가볍게 어깨를 으쓱하며 말했다.

"과연, 소환학과 부장이자 강령과의 로드다우신 말씀이군요. 뭐, 율리피스 강령학 부장이라면 '연구대상'은 커녕 '자산'이 라고 잘라 말할 테지만요."

"비아냥거리지 말게나. 대리 로드 자리에 아무런 의미도 없 다는 건 그대가 가장 잘 알지 않나."

"네, 저도 마찬가지니까요. 어디까지나 자리를 맡고 있을 뿐 이죠. 저희 쪽 공주님이 성숙하는 것과 후유키를 비롯한 특수 영지로 출향 중인 우두머리들이 퍼레이드를 마치고 돌아오는 것 중 뭐가 더 빠른지."

"비아냥거리지 말래도."

로코는 시계탑 안에서도 꽉꽉하기로 정평이 난 보수파로, 본 래는 엘멜로이 2세와 같은 '보수파도 혁신파도 아닌 임시 로드' 따위는 대놓고 무시할 법도 했지만 현재는 마치 거의 동등한 존재를 대하듯 이야기하고 있었다.

그것은 그의 처지가 전적으로 엘멜로이 2세와 조금 비슷했 기 때문이었다.

본래의 강령과 로드―학부장인 율리피스 가문의 당주와 그 다음 지위에 있는 브람 누아다레 소피아리가 어느 특명을 띠고 시계탑을 일시적으로 비웠다.

그리고 그들이 장기간의 특명을 마치고 돌아올 때까지 로코가 그 대행으로서 로드의 자리에 앉는 모양새가 된 것이다.

그는 권력욕은 있으나 자신이 로드의 지위에 걸맞지 않다는 사실도 알기에 회의 때면 가시방석에 앉아 있는 것만 같았다. 바르토멜로이를 비롯한 다른 로드의 눈총을 받을 때면 수명이 명확하게 줄어드는 것이 느껴질 정도였다.

그런 탓에 자신 이상으로 뾰족한 가시방석에 앉은 듯한 기분을 맛보고 있을 엘멜로이 2세에게는 동정적인 마음을 품고 있는 듯했다.

"하지만… 플랫 이상으로 문제인 건 그 뒤에 비친 갑옷을 입은 남자네. 저게 영령이라면 합중국 측 녀석들에게는 성배전쟁을 완전히 은폐할 능력은 없다고 봐도 되겠지."

"아무래도 저건 예상치 못한 일인 것 같긴 합니다만…."

자진해서 TV에 비치는 영령은 전대미문이다, 라고 단언하고 싶었지만 엘멜로이 2세의 뇌리에는 비칠 기회만 있었다면 자진해서 진명까지 외쳐 댔을지도 모르는 어느 호방뇌락豪放磊落한 영령의 모습이 떠올랐다.

"…아니, 뭐. 무슨 일이 일어날지 모르는 게 성배전쟁이니까."

엘멜로이 2세는 얼버무리듯 중얼거린 뒤, 은폐에 관한 소견을 읊기 시작했다.

"성당교회와 우리의 손에 의한 은폐가 통용되는 것은 앞으로 5년 정도가 한계일 겁니다. 그 무렵에는 누구 할 것 없이 휴대전화를 통해 하이비전 영상을 실시간으로 소셜 네트워크에 실을 수 있는 시대가 올 겁니다. 그렇게 되면 정보의 확산력은 은폐를 위한 압력을 상회하겠죠. 새로운 형태의 은폐 방법을 모색하느냐, 아니면 일부 개방을 고려해 볼 것이냐 하는 분기점이 다가오고 있는 겁니다."

"음⋯. 배움이 부족한 것 같아 미안하네만, 소셜 네트워크라는 건 어느 분야의 마술용어인가?"

"⋯⋯."

눈앞에 있는 노인이 휴대전화는커녕 평범한 전화회선을 따는 것조차 싫어하는 팍팍한 보수계 마술사라는 사실을 떠올린 엘멜로이 2세는 어디부터 설명하면 좋을지 고민하기 시작했다.

바로 그 타이밍에 그의 주머니에 있던 휴대전화에서 메일 착신음이 울려 퍼졌다.

"실례."

확인해 보니 모르는 주소이기는 했지만—엘멜로이 2세는 '절대영역 매지션 선생님께!'라는 제목만 보고 모든 것을 이해했다.

마음속으로 'Fuck!'이라고 외치며 필사적으로 냉정함을 유지하는 엘멜로이 2세.

"바보에 머저리 같은 제자한테서 드디어 연락이 온 모양입니다."

"호오, 그거 참 다행이군."

엘멜로이 2세는 그러고는 메일 내용을 확인했는데—

[하~이, 교수님! 저도 오늘부터 휴대전화 메일 데뷔예요! 교수님 덕에 최고의 영령을 소환할 수 있었어요! 보세요, 이 버서커 씨를!]

그런 내용의 메일에 스팀펑크풍의 손목시계 사진이 한 장 첨부되어 있었다.

"무슨 소리인지… 전혀 모르겠군…."

엘멜로이 2세는 혹시 제자 쪽이 광화狂化 스킬을 익히고 만 것이 아닐까 하다가, 플랫은 원래부터 갖고 있었을지도 모른다고 생각함으로써 냉정함을 유지했다.

그러고 나서 몇 초 후, 플랫에게서 다른 메일이 도착했다.

[도시에서 첫 번째 영령을 발견했어요! 아, 버서커 씨와 갑옷 입은 사람까지 치면 세 번째 영령이려나? 무서워 보여서 말은 못 걸었는데, 어떻게 하면 친해질 수 있을까요?]

"나 원, 이 바보가···."

자신의 위가 데스메탈 음악에 맞춰 헤드뱅잉을 하기 시작한 듯한 착각을 느끼며, 거기 첨부된 사진을 열었다.

그리고 사진에 비친, 캐딜락 뒷좌석에 앉은 요란한 옷차림의 남자를 본 순간─.

그의 위장의 통곡이 느닷없이 정지했다.

위장뿐만이 아니었다. 호흡도, 눈썹도, 어쩌면 심장도 몇 초 멈췄는지도 모른다.

"말도 안 돼···."

"왜 그러나, 2세 공."

걱정하는 로코의 말이 들려오는 가운데 엘멜로이 2세의 머릿속에서 조각이 맞춰져 나갔다.

사막에 크레이터가 생겨났다는 정보.

게다가 복장이며 머리 모양은 자신이 아는 것과 달랐지만 잘못 볼 리가 없는, 그것은 일찍이 후유키에서 봤던 터무니없이 강력한 서번트의 모습이었다.

저 영령이 얽혀 있다면 크레이터 하나쯤은 생겨나고도 남으리라.

또 심로心勞로 쓰러지는 것이 아닐까 싶어 로코가 파리해진 2세의 얼굴을 걱정스러운 눈빛으로 바라보던 참에─문득 시간이 움직이기 시작해 엘멜로이 2세는 오히려 기력이 넘쳐흐르는 표정으로 일어섰다.

"…실례, 잠시 메일을 보내도 되겠습니까."

"음…. 그러시게."

로코는 진지한 표정을 한 엘멜로이 2세를 보고는 '메일? 여기서 편지를 쓰겠다는 건가? 펜은 어디 있지?' 하고 의아해지기는 했으나 기세에 눌린 듯 고개를 끄덕였다. 아무래도 그는 조금 전에 받은 메일도 마술적인 염화나 뭐 그런 것으로 소통을 한 것이라 생각하는 모양이었다.

엘멜로이 2세는 그런 노령의 마술사를 등진 채 엄청난 속도로 휴대전화용 메일에 문장을 작성해 나갔다.

[교수로서 과제를 내겠다. 너, 그 영령에게는 무슨 일이 있어도 절대 다가가지 마라.]

그러고는 잠시 생각한 뒤에 추신 한마디를 덧붙였다.

[빨리 그 휴대전화의 번호를 메일로 적어 보내라. 이 ×××××야.]

×   ×

같은 시각. 스노필드 '크리스털 힐' 최상층. 로열 스위트.

자신의 사진 탓에 한 마술사의 심장이 몇 초간 멎었다는 사실은 알지 못한 채, 길가메시는 전면이 유리로 된 최상급 방에서 눈 아래 펼쳐진 도시를 내려다보고 있었다.

"하하하! 역시 가로街路와 누각이 늘어선 것만 비교해 보아도 우르크 쪽이 더 아름답군!"

길가메시는 일찍이 자신이 통치했던 도시와 비교하며 기분 좋게 웃었다.

그는 캐딜락으로 일단 티네 일행의 공방으로 돌아가, 꼭 필요한 최소한의 것만 챙기게 해서 티네를 이 카지노 호텔의 최상층으로 데리고 왔다.

자금은 당연히 어젯밤 카지노에서 얻은 수익으로, 호텔 측은 '우리 업소에서 딴 거금을 우리 업소에서 써 주시는 최상의 손님'으로 모시고 있었다.

티네 말고도 그녀의 부하인 검은 옷차림 패거리도 몇 명 경호원으로 데려왔다.

눈에 띄는 한 남자와 그를 공손히 따르는 이들.

호텔 종업원들 눈에는 '어디선가 온 대부호와 그 종자'처럼 보였으리라. 티네는 연령상 종자의 딸이나 부호의 양녀쯤으로 보고 있을 가능성도 있었다.

티네로서는 길가메시의 의도를 알 수 없었지만 왕이기에 도시에서 가장 호사스러운 방을 거점으로 삼고 싶었던 것인지도 모른다.

하지만 그녀는 이토록 눈에 띄는 장소로 옮기는 것이 불안해 죽을 지경이었다.

적대시하고 있는 '도시'를 만들어 낸 마술사들에게는 감시를 당하고 있을 테고, 이곳은 공방조차 아니기에 습격에 대비하는 것만 해도 여간 고생스러운 일이 아니었다.

또한 이곳을 공방화한들 불안이 해소되는 것은 아니었다.

"과거의 성배전쟁 때는 호텔 자체를 붕괴시킴으로써 공방을 파괴한 예도 있다고 늘었습니다. 적의 조직은 강대히기에 이 '크리스털 힐'의 건물째로 파괴할지도 모릅니다."

그렇게 진언하자 길가메시는 선뜻 답했다.

"그런 건 마음대로 하게 두어라. 본래는 그 정도의 사사로운 일은 알아서 극복하라 하고 싶다만, 이곳으로 불러온 것은 나니. 낙하산 정도는 빌려 주마."

길가메시는 농담인지 진담인지 모를 말을 내뱉더니 우아한 행동거지로 도시를 계속 내려다보았다.

그는 그대로 방 서쪽으로 이동하더니 경치 끝에 보이는 대삼림을 바라보며 중얼거렸다.

"후후, 나의 벗도 상당히 들떠 있는 모양이구나. 저렇게나 넓은 숲을 온통 춤추게 하다니."

그 말을 듣고서 티네도 숲이 있는 방향을 보았다.

토지 수호 일족으로서 무슨 일이 일어났는지는 금방 알아챌 수 있었다.

숲 전체가 변동하여 하나의 생물처럼 술렁이고 있었다.

"벗, 말씀이십니까."

"그래, 녀석에 관해서는 언제고 흥이 올랐을 때 이야기해 주마. 그나저나 상당히 충실한 재회의 연회였다. 훼방꾼만 없었다면 사흘 낮밤은 계속했을 텐데."

―그 무시무시한 싸움을… 사흘 낮밤….

정신이 아득해지는 듯한 길가메시의 말에 티네의 등에는 식은땀이 흘렀다.

농담 같은 것이 아니라 이 영웅왕이 마음만 먹으면 정말로 사흘 낮밤동안 싸울 수 있으리라.

만약 그러지 못하는 이유가 있다면 그것은 마스터인 자신 때문일 것이다.

선조 대대로 전해진 힘을 이어받은 마술사로서, 힘은 있다고 생각했다.

하지만 이 강력한 영령들 앞에서 자신이 과연 무엇을 할 수 있을까?

티네는 그러한 고민 속에서도 자신이 가진 것을 모두 사용하기로 했다.

"…현재, 저희 동료가 다른 마술사들의 동향을 쫓고 있습니다. 도시의 시스템을 구축한 이들 중 한 사람으로 추정되는 쿠루오카의 당주는 현재, 성배전쟁과는 무관한 듯 행동하고 있습니다만…."

"그걸 어찌 내게 보고하는 거냐. 마스터로서 어떻게 움직일 지는 네가 결정해라."

"…네."

길가메시는 풀이 죽은 티네를 흘끔 쳐다보더니 짓궂은 미소를 지은 채 물었다.

"이봐라, 티네여. 너는 이 토지를 되찾고 싶은 게지?"

"……! 물론입니다!"

"그렇다면 그 잡종 마술사들을, 이 범용凡庸한 풍경째 빈터로 만들어 버리는 게 가장 빠른 길이라 생각지 않느냐?"

"어…."

단순한 농담으로 여길 수 없었다.

영웅왕 길가메시는 방금 말한 바를 간단히 실행할 수 있다.

그만한 힘이 있다는 것을 하루 전에 사막에서 벌어진 전투로 알아 버렸다.

"농담이 과하십니다…."

"농? 네 '선조의 비원'과 가장 가까운 답이 아니더냐? 나를 처음에 불러낸 광대의 목숨과 이 도시에서 꿈틀댈 뿐인 잡종들은 무엇이 다르단 말이냐? 그 영주라는 것을 써서 내게 '도시를 없애라'라고 명령하는 게 가장 손쉬운 방법일 터. 네 동료들이 피할 시간 정도는 기다려 주마."

"……."

얼마간 생각한 뒤, 티네는 주저주저 답을 입에 담았다.

"그런 포학한 짓을 하면… 이 토지를 빼앗은 마술사들과 다름이 없어집니다."

"부족하구나. 그건 스스로 생각한 답이 아니라 애써 찾아낸 답일 테지."

"……!"

간단히 간파당했다는 사실에 티네는 심히 부끄러워졌다.

스스로도 그 답은 아니라는 것을 알고 있었다.

— 나는, 마술사들보다 탐욕스러워져, 땅을 되찾겠다고 맹세했을 텐데.

— 그런데 어째서 나는 망설이는 걸까. 이 도시 그 자체를 멸망시키는 것을.

— 어째서. —어째서, 어째서.

자신의 마음조차 알 수 없게 되자, 티네는 충격을 받고서 고개를 숙였다.

왕의 물음에 답할 수가 없다. 이래서야 자신은 처단당해도 할 말이 없다.

버렸을 터인 소녀의 마음에 공포라는 감정이 차오르기 시작했다.

죽음은 이미 각오한 바다. 하지만 지금은 이 영령을 실망시키는 것이 더 두려웠다.

그런 티네의 모습을 본 길가메시는 그녀의 마음을 꿰뚫어 보고는 웃으며 말을 이었다.

"의문이 생겼느냐. 그러면 봐주도록 하지."

"네…?"

"그것이야말로 맹신을 깨는 초석이다. …무얼, 네가 너무도 기운 없는 표정을 짓고 있기에 조금 놀려 본 것뿐이다. 흘려 넘기거라."

아무리 봐도 '놀리는' 것과는 거리가 먼 내용이었지만 티네는 일단 안도했다. 하지만 조금 전에 떠오른 자기 자신에 대한 의문은 사라지지 않은 채, 티네의 마음에 들러붙었다.

길가메시는 다시금 도시를 내려다보며 무료한 듯 말을 흘렸다.

"그나저나… 네 바람은 둘째 치고, 사람들이 들끓는 것을 보면 무의식중에 날려 버리고 싶다는 생각이 들진 않느냐?"

"……?"

"나 원…. 어제 몸소 도시를 돌아봤다만, 이 시대의 잡종들은 가치가 없는 자들이 많다. 잡종이 내 정원에서 번영하는 것은 바람직한 일이다만, 숫자만 불어 만연하는 건 추악하지 않으냐."

"무엇을… 하실 생각이십니까?"

티네는 영웅왕이 느닷없이 시민들을 시야에서 '제거'하는 것이 아닐까 싶어 긴장했지만 길가메시는 그런 그녀의 의문에 어깨를 으쓱하며 답했다.

"걱정 마라. 쓰레기 청소는 내가 몸소 할 일이 아니다."

길가메시는 어깨를 으쓱이고 도시를 내려다보며 무료한 투로 말했다.

"성육신成肉身이라도 해서 본격적으로 생을 구가하게 된다면야 이야기가 달라지겠지만 말이지. 그때는 살 가치가 없는 잡종들을 솎아내는 것도 염두에 두겠지만, 지금의 나로서는 관심이 없는 일이다. 잡종들이 완만한 멸망을 택하겠다면 그 어리석은 말로를 관측하며 일소에 부칠 뿐이다."

그리고 먼 과거를 그리워하며 반쯤 혼잣말처럼 말을 이었다.

"나의 정원에서 날뛰는 마물로 인해 멸망한다면 좌시할 수 없겠지만, 잡종들이 스스로 택한 길이라면 아무 말도 않을 거다. 선택지가 남아 있다는 사실도 알지 못하고 있다면, 도표道標로서 간난신고艱難辛苦 정도는 내릴지도 모르지만 말이다."

그 말을 들은 티네는 안도감과 공포를 동시에 느꼈다.

이 영웅왕은 정녕 지구 전체를 정원으로 여기고 있는 왕이리라.

확고한 '자신'을 가지고 인류에 대한 모든 옳고 그름의 판단을 내리는 왕 중의 왕.

천벌과는 무언가가 다른 듯했다.

그 '무언가'를 알기 위해 티네는 가만히 길가메시를 바라보았다.

"왜 그러느냐? 드디어 이 세상에서 제일가는 오락이 나를 보는 영광이라는 사실을 알아챈 것이냐? 좋다, 허락하마. 나를 실컷 보고, 그 이야기를 별이 멸망하는 순간까지 자자손손 전하거라."

이번에야말로 농담이겠거니 싶었지만 아무래도 진담인 것 같다는 생각이 강하게 들었다.

―잘은 모르겠지만, 정말 굉장한 사람이구나….

어른스럽게 굴고는 있지만 근본이 아직 어린 티네는 길가메시의 기이한 언동과 인간의 상식으로 따지면 도를 지나쳐 보이는 일면도 '왕이란 그러한 것'이라 받아들이고 있는 모양이었다.

어떤 의미에서는 궁합이 좋다고도 할 수 있었지만, 당사자인 영웅왕은 그런 건 안중에도 없다는 듯 다시금 방약무인한 말을 입에 담았다.

"어디, 오늘 해야 할 일은… 우선 날벌레들을 청소하는 일이로군."

"날벌레, 말씀이십니까?"

"그래, 내가 벗과 재회하는 기쁨을 방해한 눈치 없는 녀석이 있는 듯해서 말이다. 어제 낮에는 온종일 도시를 돌아다니며 그 괘씸한 놈을 찾아다녔지만 찾을 수가 없었다. 그렇다면 저쪽이 나타날 때까지 앉아서 기다릴 뿐이다."

"기다린다…. 여기서 말씀이십니까?"

티네가 고개를 갸웃하자 영웅왕은 자신감 넘치는 목소리로 답했다.

"물론이다. 이만큼 눈에 띄는 곳에 성배전쟁 최대의 난적 중 한 명이 진을 치고 있지 않느냐. 알아채지 못할 리가 없지. 뭐, 또 한 명의 난적인 나의 벗도 숲에서 요란하게 소란을 피우고는 있지만… 어느 쪽에 이끌려 가건 날벌레는 줄어들게 되어 있다."

무슨 근거에서인지 좌우간 길가메시는 자신만만하게 말했다.

"벌레는 눈부신 빛을 거스를 수 없는 법. 끌어들여다 흔적도 없이 불태워 주마."

그리고 다음 순간─.

날카로운 바람이 스노필드라는 도시를 가로질렀다.

×   ×

경찰서. 서장실.

"야호~. 잘 지냈어~? 신참 군☆"

발랄하기 이를 데 없는 목소리로 말하는 프란체스카에게 서장이 내뱉듯이 답했다.

"꺼져라, 꼰대."

"어라라라? 뒤에서 그렇게 험담하고 있다는 건 알았지만 아무리 그래도 대놓고 그런 소리 하면 상처받는데? 난 정신적인 상처보다 육체적으로 상처받는 걸 더 좋아하니 배려해 줬으면 좋겠어."

"닥쳐라."

서장은 고스로리 소녀에게 노골적인 적의를 보였지만 그녀가 돌아갈 낌새는 조금도 없었다.

"네에, 네. 닥칠게요~. 근데 한마디만 할게? 꼰대꼰대 하는데 이 몸은 아직 쓰기 시작한지 3년밖에 안 지났거든? 내장도 엄청 깔끔해. 볼래?"

그렇게 말하며 프란체스카가 자신이 입은 옷의 일부를 훌렁 들춰 배꼽 부근을 노출시켰다.

얼핏 보기에는 매끈한 복부였지만 본래 있을 리 없는 것이 있었다.

살에 직접 붙인, 폭 넓은 지퍼였다.

사람의 이빨 같은 재질로 된 그 지퍼는 양쪽 갈비뼈 부근에서 뻗어져 나와 배꼽 아래까지 이어져 있어 열면 무엇이 보일지는 딱히 상상하고 싶지 않은 상태였다.

"볼래? 보고 싶어? 보고 싶지? 여자아이의 숨·겨·진·내·자·앙☆"

프란체스카는 키득키득 고혹적인 웃음소리를 내며 말했지만 서장은 눈썹 하나 꿈쩍하지 않았다.

"무슨 볼일이냐. 당할 대로 당한 우리를 비웃으러 온 거냐?"

"설마! 문안 온 거야아! 난리도 아니었지? 설마 사도가 마스터였다니, 나도 전혀 예상 못 했어! 빨리 처리해야겠네!"

"거짓말 마라, 속으로는 재미있어졌다며 좋아하고 있는 거다 안다."

"아, 역시? 그치만 있지, 난 사도는 싫어. 그 녀석들, 인류의 적이잖아. 나는 인류의 편이니 그 녀석들한테는 안 넘겨줄 거야."

프란체스카가 자신만만하게 가슴을 펴자 서장이 또다시 말을 내뱉었다.

"먹이를 두고 싸우고 있는 것뿐이겠지."

"어라라라? 기분 나빠? 그렇게 충격이었어? 그 잘생긴 신부님한테 멋진 장면을 빼앗긴 게."

"그런 것보다 성당교회는 어떻게 다룰 거지?"

"우선 무시해도 돼. 도움을 구하고 싶은 마스터가 있으면 멋대로 기어 들어가겠지, 뭐."

프란체스카는 우산을 빙글빙글 돌린 후 갑자기 뿌우, 하고 뺨을 부풀렸다.

"나도 어젯밤에 있었던 일들 중 못마땅한 부분은 있었다고."

"뭐가 말이지?"

"그도 그럴 게, 마지막에 눈에 띈 건 대행자랑 사도였잖아!

안 돼, 안 돼. 안 된다고오! 초반부터 그런 외부인들이 잘난 척하게 두면~!"

주먹과 우산을 붕붕 휘두르며 말하는 프란체스카.

그녀는 갑자기 움직임을 멈추더니 두 팔을 크게 펼치며 어딘가에 있는 누군가에게 단언했다.

"성배전쟁의 꽃은 역시 서번트와 마스터라고!"

"……"

"…안 그래?"

그녀가 서장 쪽을 보며 씩 웃은 순간―.

폭음이 주변을 감싸더니 서장실의 유리창이 몽땅 깨졌다.

"―?!"

서장실뿐이 아니었다. 경찰서 북쪽 창문이 몽땅 굉음과 바람에 밀려 깨지고 흩날렸다.

"아하하하하하! 자아, 시작이야, 시작! 팸플릿 샀어? 팝콘은 챙겼고? 아아, 경찰서장이니 역시 도넛? 서두르지 않으면 세기의 일전을 놓칠 거라고오."

"너 이놈…!"

프란체스카를 노려보는 서장은, 이 시점에서는 아직 몰랐다.

유리가 깨진 것은 경찰서뿐이 아니라――.

×   ×

수십 초 전. 스노필드 북부. 대계곡.

길가메시가 소환된 동굴에서 북쪽으로 수 킬로미터 떨어진 곳에 위치한, 적토로 된 계곡.

'크리스털 힐'의 최상층과 표고가 거의 같은 고지대에, 그 남자는 서 있었다.

신장이 2미터는 넘을 법한, 빼빼 마른 체구의 남자.

그 손에는 한 자루의 활이 쥐어져 있었다.

평범한 나무활보다 컸지만 키 큰 남자의 손안에 있는 탓에 다소 작게 보일 지경이었다.

남자의 복장은 기묘함을 초월해 '이상'하다고 형용해야 할 정도였다.

우선 눈길을 끄는 것은 몸을 세로로 뒤덮은, 무늬가 들어간 긴 천이다.

어깨에 걸쳐져 있다는 뜻이 아니다.

천 중심을 머리 꼭대기에 두고 그대로 안면과 뒤통수를 완전히 뒤덮은 뒤, 몸 앞면과 뒷면을 가리는 모양새로 늘어뜨리고 있었다.

얼굴 부분 중 천 사이로 보이는 것은 기껏해야 귀 근처 정도로, 본인이 앞을 볼 수 있는지조차 알 수 없었다.

그 천 아래로 허리 부분에 천과 아랫도리, 신발 등은 걸쳤지만 상반신에는 천 말고 아무것도 걸치지 않았는지, 짙은 색의 염료만이 노출된 피부 전체를 물들이고 있었다.

거기에 하얀 염료로 몸에 문양 같은 것이 새겨져 있었지만, 앞서 말한 천에 가려 전체상을 짐작할 수가 없었다.

얼핏 보면 호러게임에라도 등장해 주인공을 쫓아다닐 듯한 행색을 한 남자가 얼굴을 뒤덮은 천 아래에서 씨익 웃으며 말 없이 가볍게 활을 당겼다.

그리고, 시위에서 손가락이 떨어지자 한 대의 화살이 발사되었다.

바람의 속도를 까마득히 뛰어넘어, 음속조차 능가하는 속도로.

✕　　　　✕

스노필드 상공.

참격과도 같은 바람이 스노필드라는 도시를 일직선으로 가로질렀다.

공기를 가르고 충격파를 내뿜어 주변에 굉음이 퍼졌을 즈음에는 이미 바람이 지나가고 난 뒤였다.

바람의 중심에 있는 것은 한 대의 화살.

행선지는 스노필드 중심에 선 고층 빌딩 '크리스털 힐'의 최상층이다.

의문의 남자가 쏜 화살은 높은 계곡 위에서 한순간도 감속하지 않고, 고도가 떨어지는 일도 없이 물리법칙을 거스르며 레이저 광선처럼 내달렸다.

화살의 이동거리는 이미 20킬로미터에 달했고, 그것만으로도 활을 쏜 남자가 인간이나 평범한 마술사가 아니라는 사실을 증명하고 있었다.

충격파가 도시의 하늘을 가로지르자 사선 아래에 있던 건축물의 유리가 소리와 충격으로 인해 차례로 박살 났다.

이런 것이 직격하면 인간… 아니, 영령이라 해도 무사하지 못하리라.

정수리에 박힐 새도 없이 상반신 그 자체가 산산이 박살 날 것만 같은 일격이었다.

화살은 똑바로 타깃을 향해 날아갔다.

크리스털 힐 최상층에 진을 친 영웅왕, 길가메시——.

그 옆에 서 있던 마스터 소녀의 머리를 향해.

×   ×

'크리스털 힐'. 로열 스위트.

길가메시를 바라보고 있던 티네가 문득 북쪽 창문으로 눈길을 돌렸다.

"어…?"

소리는 아직 도달하지 않았다.

하지만 하늘에 충만한 마력의 기묘한 흐트러짐을 감지하고는 엉겁결에 그쪽을 바라본 것뿐이었으나—.

바람이 찢겨져 있음을 느꼈을 때에는 이미 늦은 상태였다.

소녀의 반응속도로는 피하지 못할 거리에서 작은 점처럼 보이는 '죽음'이 다가오고 있었다.

이미 어떻게 움직이건 음속을 초월해 닥쳐드는 화살을 피할 방도는 없을 듯했다.

적어도 그녀에게는.

"……."

찰나, 화살이 호텔의 20미터 앞까지 다가온 참에 유리창 밖에서 천둥소리가 울려 퍼졌다.

눈부신 섬광이 번뜩이더니 작은 번개가 무수히 하늘을 갈랐다.

그중 한 가닥이 화살에 직격했는지 필살이 될 터였던 일격이 적중하기 직전에 공중에서 사방으로 흩어졌다.

하지만 충격파로 유리는 깨져, 실내에 있던 면면들에게 날아들었다.

"【   】"

무언의 영창.

티네의 손에서 일어난 바람이 방호벽이 되어 자신과 길가메시, 검은 옷차림의 무리에게 쏟아지려던 유리 조각을 튕겨 냈다.

"무사하십니까."

소녀는 호흡을 가다듬은 후, 길가메시에게 말을 붙였다.

그러자 영웅왕은 멀쩡한 모습으로 언짢은 듯 답했다.

"문제없다."

"방금 전의 번개는 대체⋯."

"전격 그 자체는 나의 보구다. 아무래도 무언가를 요격한 모양이다."

길가메시가 태연하게 내뱉은 말을 들은 티네는 엉겁결에 중얼거렸다.

"요격?"

티네가 창밖을 보니 건물 위쪽에는 무수한 원반이 떠올라 있었다.

아름다운 원형에 기하학적인 문양이 새겨진 그 보구는 작은 번개를 두른 채 주변을 경계하듯 쉼 없이 선회를 하고 있었다.

"자동방어보구—오토 디펜다. 나의 벗이 장난삼아 기습을 해 올 가능성이 있어, 신중을 기해 꺼내 두었다만….."

길가메시는 그대로 북쪽으로 눈길을 돌리며 '보물고'에서 하나의 보구를 움켜쥐었다.

끌려나온 것은 역시나 공중에 뜬, 기묘하게 일그러진 렌즈가 끼워진 금빛 고리였다.

그것은 렌즈뿐임에도 불구하고 망원경처럼 까마득히 먼 곳의 광경을 비추고 있었다.

"설마 궁병—아처 따위의 화살을 튕겨 내게 될 줄이야."

고리 안에 나타난 것은 이쪽을 향해 대담하게 활을 겨눈 남자였다.

"아처…?"

의문이 티네의 뇌리를 스쳤다.

아처는 다름 아닌 이곳에 있는 길가메시다.

그렇다면 활을 무기로 쓰는 라이더나 어새신, 버서커 등의 클래스일까.

금빛 고리 너머로 그 아처를 본 그녀는 우선 그 높은 스테이터스에 놀랐다.

단순히 스테이터스의 합계치만 두고 보면 길가메시조차 상회하고 있다 할 수 있으리라.

—역시, 버서커…?

경계하는 티네의 앞에서 길가메시가 무표정하게 중얼거렸다.

"…오는가."

하지만 '두 번째 화살'은 이미 발사된 뒤였다.

자동방어보구—오토 디펜서의 뇌격이 발동하여 날아든 화살을 요격하려 했지만, 화살은 몇 줄기의 번개를 맞고도 뇌격 사이를 뚫고 길가메시에게로 날아들었다.

전기가 공기 중에 퍼지는 속도—요컨대 번개의 속도는 빛보다는 느리지만 그래도 평범한 화살을 포착하기에는 충분한 속도일 터였다.

하지만 그 화살의 속도는 인류의 한계를 뛰어넘었다.

길가메시는 그 즉시 갑옷을 현현시켜 화살을 왼팔의 손등으로 떨쳐 냈다.

하지만 위력을 완전히 죽이지 못했는지 갑옷의 일부가 깨져, 황금 조각이 바닥에 흘러내렸다.

"…호오."

차가운 표정으로 자신의 갑옷 조각을 본 길가메시는 다소 눈을 가느다랗게 뜬 뒤—.

"대단한 활솜씨다만…. 예의도 모르는 야만스러운 놈, 창고 속 보물의 녹을 벗겨 내는 데 써 주마!"

다음 순간—.

깨진 유리창 밖, 최상층의 옆에 대는 모양새로 거대한 보구가 나타났다.

"이건….."

"티네여. 너는 뒤에 타라."

"그래도 되겠습니까?"

"너를 여기 남겨 두면 저 넌더리 나는 화살로부터 지켜 낼 수 없다. 벗과의 약정을 지킬 때까지 마스터인 네가 죽으면 곤란해서 말이다."

담담히 내뱉은 '왕'의 말을 들은 티네는 힘차게 고개를 끄덕이고는 거대한 보구의 뒷부분에 올라탔다.

그 보구는―금빛 요트에 거대한 요정의 날개가 돋아난 듯한 모습을 하고 있었다.

보구 '비마나'.

길가메시가 소유한 보구 중 하나로 소형 공중전함이다.

모든 보구가 들어 있다고 전해지는 왕의 재보, 그중에는 무구뿐 아니라 인간이 만들어 낸 온갖 지혜의 결정이 들어 있었다.

티네가 비마나의 뒤에 엎드리자 길가메시는 그 금빛 기체를 발진시켰다.

급가속에 티네는 순간적으로 날아갈 뻔했지만 바람을 막고 중력을 조작하는 마술을 구사해서 간신히 균형을 잡으며 호흡을 가다듬었다.

길가메시는 그 이물에 떡 버티고 서서 일직선으로 아처를 향해 함선을 몰았다.

때때로 아처가 발사한 것으로 보이는 화살이 날아들었지만 주변에 전개된 수십 종류의 요격 시스템이 닥쳐드는 화살을 완벽하게 격추시켜 나갔다.

"굉장해….."

자신이 무엇에 타고 있는지를 새삼 확인한 소녀는 무심결에 말했다.

"이런 것까지….."

감정을 버렸을 터인 소녀가 발한 목소리에 담겨 있는 감정은 공포였을까, 그렇지 않으면 동경이었을까.

×   ×

스노필드 북부. 계곡 고지대.

"…..호오."

아처는 자신의 눈앞에 도달한 금빛 배를 보고는 조용히 중얼거렸다.

낮은 목소리였다.

그 이면에는 솔직한 감탄의 빛과 작은 자조의 빛이 숨어 있었다.

"기습을 해 온 건 네놈이다. 설마 목숨 구걸을 하진 않겠지?"

뱃머리에서 대지臺地에 내려선 길가메시의 말에 10미터 정도 떨어진 곳에 선 으스스한 분위기의 아처가 천천히 고개를 들었다.

"……."

"남길 말은 있나?"

길가메시가 물었지만 의문의 아처는 아무 말도 하지 않았다. 그는 말없이 조용히 활을 당기더니―.

비마나의 뒤쪽 좌석에서 고개를 내민 티네를 향해 망설임 없이 화살을 발사했다.

"――!"

음속을 초월한 화살이 티네의 안면을 향해 날아갔다.

충격파는 강력한 바람의 장벽으로 경감할 수 있어도 화살 그 자체는 막지 못하리라.

티네는 다시금 죽음이 눈앞으로 닥쳐왔음을 인식했지만―.

비마나의 옵션인 요격 보구가 그것을 직전에 격추시켰다.

"머저리 같으니. 내가 내리면 발동하지 않게 될 거라 생각했나?"

"……."

아처는 길가메시의 말을 무시하고 두 발, 세 발, 연거푸 화살을 발사했다.

이미 티네는 배 안에 몸을 숨기고는 있었지만, 아처는 비마나의 장갑과 함께 꿰뚫을 기세로 시위를 당겨 댔다.

빠직. 길의 옆머리에서 소리가 났다.

누구든 보면 알 수 있으리라.

그것은 진심으로 티네를 배와 함께 관통시키려는 것이 아니라―순전히 길가메시라는 영웅을 도발하려 하고 있는 것이라는 사실을.

길가메시는 그 도발을 알아채지 못한 것인지, 아니면 알아채고서도 자신을 무시하고 마스터인 소녀를 노려 대는 일에 부아가 치민 것인지 담담한 말투 속에 분노를 담아 말을 이었다.

"과연, 분명 승리에 집착하자면, 혹은 편하게 이길 길을 택하자면 옳은 선택이다. 나도 상황에 따라서는 장난삼아 같은 짓을 할지도 모르니."

그리고 다음 순간―.

"하지만, 그건 나이기에 용납되는 일이다! 네놈 따위에게 허락된 짓이 아니야!"

부조리하기 그지없는 소리를 외치며 길가메시는 등 뒤에 열린 '왕의 재보―게이트 오브 바빌론'의 문을 통해 무수한 보구를 사출했다.

고랭크의 보구도 섞어 넣은 칼날의 빗발이 쏟아지면 아처는 속수무책으로 당할 것으로 보였다.

하지만 그는 손에 든 활을 왼손으로 휘둘러 영령으로서의 상식마저 넘어선 속도로 사출된 보구를 떨쳐 나갔다.

"뭣이?"

"……."

수십 개의 보구를 무사히 떨쳐 낸 영령은 말없이 길가메시에게로 손을 뻗더니—손바닥을 위로 한 채 까닥까닥, 도발이라도 하듯 손짓을 했다.

그것을 본 길가메시는 눈을 가느다랗게 뜨고 격정을 억누른 목소리로 대지 위에서 말했다.

"…과연, 제법 손버릇이 고약한 놈이군. 그렇다면… 이건 어떠냐?"

길가메시가 짓궂은 미소를 지은 채 '왕의 재보—게이트 오브 바빌론'을 대지에 넓게 전개시켰다.

아처를 둘러싸는 모양새로 사방에 전개된 보물고의 입구가 마치 소용돌이처럼 으르렁대기 시작했다.

그리고 무수한 보구가 기관총과 같은 기세로 사출되어 대지 위에, 그야말로 격렬한 빛과 충격의 소용돌이를 일으켰다.

수십, 수백, 수천에 달하는 수의 보구가 소용돌이 중심에 선 남자를 향해 쏟아졌다.

그것은 칼날이요,

그것은 지혜요,

그것은 고통이요,

그것은 구원이다.

용을 죽인 장도가 있었다.

파멸을 내리는 마검이 있었다.

영웅을 죽인 창이 있었다.

형체를 띠지 않은 번개가 있었다.

인류가 손에 넣거나 만들어 내 온, 온갖 보구.

그 원전이 아낌없이 쏟아졌다.

상하좌우, 360도에서 사출되는, 인간이 자아낸 지옥의 비.

티네는 그 무시무시한 광경을 보고, 아마도 저 아처는 살점 하나 남지 않으리라 생각했다.

하지만 소용돌이가 잦아들자 길가메시와 티네의 예상을 배신하는 광경이 나타났다.

그것은 멀쩡하게 몸을 뒤덮은 긴 천에 묻은 먼지를 터는 아처와―그 주변에 산더미처럼 쌓인 무수한 보구들이었다.

"그럴 수가…."

눈이 휘둥그레진 티네와는 대조적으로 길가메시는 말없이 상대를 바라보고 있었다.

얼마간 침묵이 대지를 지배했지만―.

그 정적은 아처의 의미심장한 웃음소리로 인해 깨졌다.

"크…크크…크…크흡…크하…크하하…."

천 안쪽에서 들려온 것은 명백하게 비웃음이 섞인 목소리였다.

"…뭐가 우습지."

무표정하게 묻는 길가메시에게 아처는 딱 부러지게 그 단어를 입에 담았다.

"── **약하다.**"

일찍이 길가메시와 대치했던 자들이 들었다면 상대가 제정신인지를 의심할 한마디였다.

"……."

티네는 주변의 온도가 급속히 내려간 듯한 착각을 느꼈다.

"아무렇게나 무구를 집어던지는 게 다인가…. 차라리 모래를 뿌리는 편이 낫겠군…."

그런 분위기 속에서 의문의 아처는 계속해서 말했다.

"그러한 애들 장난으로 처리할 수 있는 것은, 어지간히 약자나… 이성을 지니지 않은 짐승뿐이다."

가냘픈 목소리였지만 그것은 단순한 비웃음이 아니라 일종의 집착, 집념이 담긴, 힘 있는 말처럼도 느껴졌다.

"…호오?"

그러자 길가메시의 표정이 바뀌었다.

티네는 길가메시가 격노할지도 모른다는 생각에 불안해졌지만─그의 입가에는 예상과 달리, 오히려 옅은 미소가 떠올라 있었다.

이 순간, 길가메시를 지배하는 감정은 '무례한 습격자에 대한 분노'에서 '강자에 대한 호기심'으로 바뀐 것이다.

의문의 아처가 그러한 영웅왕에게 말했다.

"…창고의 가장 깊숙한 곳에 있는 검을 뽑아라. 그래야 대등하다."

누군가에게서 정보를 손에 넣은 것인지, 아니면 조금 전의 공격으로 '보물고' 안에 충만한 각별한 기적을 느낀 것인지 '최강의 무기로 덤벼라'라고 말하는 아처.

길가메시가 이를 빠득 갈고 웃으며 즐거운 듯 도발에 답했다.

"에아는 나의 분신이나 다름없다. 네놈 같은 약자에게 쓸 검이 아니야."

그리고 괴리검 에아 대신 한 자루의 검이 길가메시의 손안에 나타났다.

원죄─마르두크.

세계 각지에 전해지는 선정選定의 검의 원형이라 일컬어지는 검이다.

그는 그 검으로 상대를 올바르게 선정하려는 것이리라.

자신의 상징이기도 한 에아를 뽑을 가치가 있는 상대인지 어떤지를.

"증명해 보여라. 네놈이 에아를 알현할 가치가 있다는 강자라는 것을."

"…어리석군…. 뽑았으면 죽지 않을 수 있었을 것을."

아처는 나직하게 중얼거린 뒤, 활을 들지 않은 오른손을 몸 옆으로 뻗었다.

그러자 그곳에 새로운 '천'이 현현했다.

그것은 얼핏 보기에는 수수한 문양이 그려진 띠처럼 보였지 만, 다른 관점에서 볼 수 있는 자들은 그것이 얼마나 이상한 물건인지를 금방 알 수 있었다.

"저건… 보구가 틀림없습니다…!"

티네의 눈에도 그 띠가 두른 마력은 이상해 보였다.

마치 신 그 자체가 사용했던 듯한 농밀한 신기를 두른 그 천 을 본 길가메시는 살며시 눈을 가늘게 떴다.

"내가 아는 신과는 성질이 다른 기척이군. 하지만 근본은 같 나…."

신 혐오자를 자칭하는 길가메시에게 있어 그것은 다소 유쾌 하지 않은 보구였다.

하지만 이 아처가 이 마당에 와서 어떠한 변화를 보일지는 신경이 쓰였다.

기습을 하고 싶어도 '왕의 재보―게이트 오브 바빌론'이 통 하지 않는 이상 어찌할 방도가 없었다.

길가메시는 기대가 반쯤 섞인 눈으로 떡 버티고 선 채 상대 가 행동하기를 기다렸다.

"……."

아처가 천 안에서 웃으며 그 보구의 힘을 해방시키고자 겨누
자―.

몇 초 후, 신기로 가득한 일격이 대지를 뒤흔들었다.

×   ×

대삼림.

"길…. 뭔가 강해 보이는 사람이랑 싸우고 있구나…?"

엘키두는 문득 작업을 멈추고 숲 북동쪽으로 시선을 옮겼다.

그곳에는 숲이 펼쳐져 있을 뿐이었지만 엘키두의 눈에는 다
른 정보가 보였다.

기척감지 스킬을 통해 멀리 떨어져 있는 길의 강한 기척과
그와 비견할 만큼 강한 기척을 느낄 수 있었다.

"이상하네. 이미 성배전쟁으로 소환할 수 있는 영령의 수를
넘긴 것 같은데?"

엘키두는 의문스럽기는 했지만―뭐, 그런 일도 있나 보네,
하고 작업을 계속했다.

길가메시의 기척을 살피며 그의 기척이 약해지면 바로 상황
을 살피러 갈 수 있도록 마음의 준비를 하며.

"어라?"

그리고 몇 분도 채 되지 않아 이상을 감지하게 되었다.

벗이 누군가와 싸우고 있는 장소 근방에 전혀 다른 기척이 느닷없이 나타난 것이다.

"강한 기척이… 한 사람 더 늘었어."

×　　　×

대지.

신기로 가득한 일격이 대지를 뒤흔들었다.

하지만 그것은 **의문의 아처가 내지른 일격이 아니었다.**

"…어?"

비마나의 뒤쪽 좌석에서 고개를 내밀고 있던 티네는 그 광경을 보고도 믿기지가 않았다.

아처가 보구로 보이는 천의 힘을 발현시키고자 한 그 순간, **난데없이 말이 나타나** 그 말을 타고 있던 한 소녀가 아처의 뒤에 내려선 것이다.

나이는 열여섯에서 열여덟 전후로, 적어도 스물을 넘긴 것으로 보이지는 않았다.

긴 머리카락은 뒤통수에서 깔끔하게 땋아져 있고, 쾌활한 피부색을 띤 몸을 부드러운 천과 가죽이 어우러진 독특한 의상으로 감싸고 있었다.

전체적으로 활발한 인상을 풍기는 그 소녀는 늠름한 표정으로 소리도 없이 아처의 등 뒤로 다가갔다.

"……?"

눈살을 찌푸린 길가메시의 시선을 알아챈 아처가 뒤를 돌아보려던 찰나—.

천으로 뒤덮인 안면 근처에 소녀의 주먹이 깊숙이 꽂혔다.

폭발이 일어난 것으로밖에 들리지 않는 충격음이 울려 퍼지더니 아처의 몸이 포탄처럼 날아갔다.

아처의 몸이 다른 대지의 벽면에 깊숙이 박히자 그 작은 대지는 그대로 무너지기 시작했다.

짧은 침묵 후, 단순한 사실이 공간을 지배했다.

길가메시의 '왕의 재보—게이트 오브 바빌론'의 보구 사출이 전혀 통하지 않았던 남자를 소녀의 가녀린 팔이 날려 버렸다는 사실.

소녀는 강한 증오가 담긴 눈으로 아처가 생매장된 부근을 노려보다가—등 뒤에 있는 티네와 길가메시를 흘끔 쳐다보며 단언했다.

"저 쓰레기는, 내 사냥감이다. …너희는 손대지 마라."

얼마간 침묵이 이어진 뒤, 길가메시가 눈을 가늘게 뜨며 입을 열었다.

"…흥이 깨졌다는 말은 바로 이런 경우를 일컫는 거다…. 계집."

목소리의 질을 통해 티네는 길가메시가 노골적으로 언짢아하고 있다고 판단했다.

마음을 설레게 했던 승부에 훼방꾼이 끼어들었으니 그가 화를 내는 것은 당연하다 할 수 있었다.

하물며 누군가가 승부에 찬물을 끼얹은 것은 첫날을 포함해 이로써 두 번째였다.

티네는 일촉즉발의 이 상황에서 하다못해 상대의 정체를 알아내고자 했다.

하지만 한 가지 사실이 소녀를 매우 혼란스럽게 했다.

조금 전에 아처가 팔에 두르고 있던 보구로 보이는 천.

그것과 완전히 같은 것을 눈앞에 있는 소녀도 팔에 두르고 있었던 것이다.

천에 그려진 문양만 같은 것이 아니었다.

주변의 공기를 진동시키는 듯한 농밀한 신기神氣마저, 조금도 다르지 않고 같았던 것이다.

—설마… 같은 보구…?

티네가 혼란에 빠지고 길가메시가 조용히 분노의 소용돌이를 일으킨 가운데—.

무너진 대지의 파편이 굉음과 함께 화산이 분화하듯 터져 나갔다.

진짜와 가짜가 뒤섞인 성배전쟁.

강자들이 대지大地에 모여들자—.

성배의 운명은, 보다 깊은 혼돈의 늪으로 빠져들려 하고 있었다.

접속장
『어느 날, 숲속』

오후. 대삼림.

여자 어새신은 이래저래 반나절이나 숲속을 헤매고 있었다.

도시로 돌아가는 최단 루트를 택했을 터인데, 도무지 숲에서 빠져나갈 수가 없었다.

'명상신경―자바니야'를 사용해 주변 지형을 확인하며 나아간 결과, 몹시 성가신 사실에 도달했다.

아무래도 이 광대한 숲 그 자체가 누군가의 의지에 따라 꿈틀대고 있는 듯했다.

지면이 조금씩 움직이고 방향까지도 변해 갔다.

명상신경―자바니야를 많이 쓰면 숲을 간단히 빠져나갈 수 있을 테지만 그녀는 문득 생각했다.

―이 숲의 결계를 만들어 낸 것은 누구일까.

―적일까 아군일까. 그것만이라도 확인해 둬야 한다.

―어쩌면 그 마물을 이 결계로 끌어들이면 유리하게 싸울 수 있을지도 모른다.

여자 어새신은 그리 생각하며 보다 마력이 짙은 방향으로 신중히 걸음을 옮겼다.

그런 끝에 그녀가 본 것은―.

영령으로 보이는 두 존재가 숲속에서 대치하고 있는 모습이었다.

"용케 여기까지 왔네. 어지간히 숲에게 사랑받고 있거나, 뭔가 특수한 힘이 없고서는 올 수 없었을 텐데…."

"록슬리…. 뭐, 내 친구가 안내해 줬지."

"흐응? 그렇구나, 넌 친구가 많아 보이니까."

랜서의 말에 세이버의 영령은 빙긋 웃었다.

"보이나 보지?"

"조금은."

기묘한 대화를 나눈 뒤, 랜서는 세이버에게 이야기의 본론을 꺼냈다.

"그래서? 나를 찾은 이유가 뭐지?"

그러자 세이버는 등 뒤에서 늑대를 쓰다듬고 있는 안경 쓴 소녀를 보며 말했다.

"이야아, 네 진명도 모르고 어떤 영령인지도 모르겠지만…. 여기저기 걸어 다니다 처음 발견한 서번트한테 부탁해 볼까 했거든."

그리고 세이버는 딱 부러지는 말투로 그 제안을 입에 담았다.

상황에 따라서는 이 '성배전쟁'을 더더욱 혼란의 소용돌이로 몰아넣을지도 모를 한마디를.

"우리랑 동맹 맺을 생각 없어?"

너무도 뜬금없는 제안이었다.

랜서는 멍한 표정으로 세이버를 바라본 뒤, 다정한 미소를 지으며 입을 열었다.

그리고, 그가 내린 답은———.

2권 끝

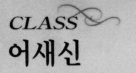

CLASS
어새신

마스터	사도 제스터 카르투레
진명	—(영령의 자질을 얻었을 무렵에는 이미 이름을 버린 상태였다)
성별	여
신장·체중	163cm 53kg
속성	질서·선(善)

근력	▰▰▰▱▱	C	마력	▰▰▱▱▱	C
내구	▰▰▰▰▱	B	행운	▰▰▱▱▱	D
민첩	▰▰▰▰▰	A	보구	▰▰▰▰▱	B+

보유 스킬

광신 : A

　특정한 무언가를 주변의 상식 이상으로 신앙함으로써 평범한 방법으로는 얻을 수 없
정신력을 지님. 트라우마 등도 금방 극복하며 정신조작계열의 마술 등에 강한 내성을

클래스별 능력　　기척차단 : A−

∞ 보구 ∞

환상혈통(幻想血統)—자바니야

랭크 : E~A	분류 : 대인·대군보구	사정거리 : —

육체를 자유자재로 변질시켜 과거에 행사되었던 열여덟의 기술을 재현하는 능력.
실제로는 가혹한 육체개조 등도 행해졌으나 영령화되며 육체를 자유자재로 변질시키
모양새를 띠게 되었다.
오리지널의 기술에 비해 위력의 강약은 경우에 따라 다르다.

CLASS

진(眞) 어새신

스터　팔데우스 디오란도

명　핫산 사바흐

별　남

팔데우스도 확인 불능

유 스킬

영등(影燈) : A

그림자 그 자체와 동화하는 스킬. 어둠을 통해 주변의 마력을 얻을 수 있기에
실체화만 하지 않으면 마스터로부터의 마력공급은 거의 불필요.
영주를 사용하지 않는 한 마스터에게도 스테이터스를 은폐할 수 있음.

스별 능력

기척차단 : EX
(세상 그 자체와 동화. 공격에 나설 때만 A+가 됨)

보구

◆작가 후기◆
(본편 스포일러가 있으니 주의하시길)

그런고로, 『Fate/strange Fake』의 2권을 보내드렸습니다.

상당히 엉뚱한 짓을 한 듯한 기분이 들어 나스 씨를 비롯한 관계 각소의 체크를 통과할 수 있을지 걱정입니다만 무사히 이렇게 여러분과 만나 뵙게 되어 감개무량합니다.

여기서부터 노선이 복잡하게 엉킬 테니 앞으로도 재미있게 읽어 주셨으면 합니다.

참고로 마지막에 등장한 의문의 여성 영령, 머리 모양 묘사를 보고 종래 'Fate' 시리즈 팬 분들은 '이것 보셔, 설마 또 세이버 얼굴은 아니겠지?' 하고 생각하실지도 모릅니다만, 안심하십시오(어쩌면 아쉬우실지도 모르겠습니다만). 머리 모양이 비슷한 이유는… 뭐, 마지막 권까지 이야기할 수 있을지 없을지 모를 정도로 사소한 이야기가 돼 놔서.

그런고로 7년 전 만우절 기획 때는 없었던 새로운 영령들이 조금씩 얼굴을 내밀기 시작했습니다만, 역시 그쪽 방면에 빠삭하신 분들은 금방 정체를 알 수 있으시리라고 생각합니다.

참고로 각종 영령의 생전 에피소드 등은 각 자료책과 연구서의 에피소드를 참고했습니다만, 작품세계 분위기로 대폭 각색했으니 실제 역사와 다른 것은 전적으로 제 책임이며, '이 세계에서는 그런 거다'라고 생각해 주셨으면 합니다.

이를테면 캐스터와 '극장에서 옆자리에 앉은 남자'의 에피소드 등은 가이 엔도어 씨의 명작 『파리의 왕』이라는 전기소설에서 저보다 훨씬 미려한 표현으로 자세히 다루고 있으며, 흡혈귀 전후의 대화도 매우 재미있으므로 읽어 볼 기회가 있으시다면 일독을 권하고 싶습니다(물론 사도가 어쩌니 저쩌니 하는 이야기는 본 작품에서 각색한 부분입니다).

자아, 1권 때 편지 등으로 '엘키두의 스테이터스, 변동하는 모양인데 결국 합계치는?'이라는 질문을 많이 받았습니다만, 발매 전에 나스 씨에게 상담했던 것이 좋은 추억이 되어 적어 봅니다.

나 "엘키두의 스테이터스 말인데 '변용'이 있으니까 종합치를 정하고 싶은데요."

나스 씨 "음, 엘키두인 데다 A랭크이니 올 A로."

나 "올 A?! 아니, 올 A라면, 그거 5차 때 버서커보다 높잖아요! 분명 다들 '영령 편애다! 메리 수*다!'라고 할 텐데요!"

나스 씨 "현혹되지 마라."

나 "아니, 하지만 카르나보다 높은데요, 올 A면."

나스 씨 "현혹되지 마라."

나 "솔직히 말해서 저도 '그건 스테이터스 너무 올린 거 아냐'

※메리 수 : 2차 창작 등에서 '원작 캐릭터들보다 훨씬 강하고 인기 많고 러키한. 내가 생각한 최강의 오리지널 캐릭터라고. 야호!' 같은 느낌의 캐릭터 총칭.

하고 식겁할 수준….”

나스 씨 “현혹되지 말라 하지 않느냐~앗!”

나 “케엑!”

나스 씨 “거꾸로 생각하는 거다, 네메●스여…. 올 A를 기본으로 두고, 예를 들어 근력을 A+로 하면 다른 부분이 마이너스 2랭크되는 것이라고….”

나 “이 무슨 냉정하고도 적절한 설정 구축력이란 말인가…!”

나스 씨 “그리고―예를 들자면 말이지(쑥덕쑥덕쑥덕).”

그런 식으로 검수를 받은 결과, 엘키두의 총합치는 1권 시점에서는 대략 ‘올 A에 약간 못 미침’이라고 생각해 주셨으면 합니다. 마스터인 은랑이 완쾌되면 올 A도 꿈은 아니란 걸로 해 두죠(쑥덕쑥덕의 내용은 아직 비밀로 해 두겠습니다).

좌우간 나스 씨에게서는 플롯을 짤 때도 ‘인플레니 뭐니 하는 건 이쪽―본편에서 어떻게든 할게! 오히려 그런 거에 흠칫거리며 써 봐야 아무한테도 도움이 안 되니 그러지 말라고, 보~이!’라며 힘찬 격려의 말씀을 해 주셔서 이쪽도 한시름 덜었습니다.

…뭐, 그래도 한자의 전신 사이보그는 저 자신도 “저, 저질러 버린겨…?” 싶었습니다만… 분명 괜찮을 겁니다. 성당교회의 과학력은 세계 제일.

그리고 마지막에 등장한 의문의 궁병도 ‘최고最古이자 최강의 영웅’으로 이름 높은 길가메시에게 대항이 가능한 이유가 있는 영령이니 긴 안목으로 봐 주셨으면 합니다!

참고로 이번 스테이터스가 실릴지 어떨지는 모르겠으니 언급해 두겠습니다만, 팔데우스가 불러낸 어새신의 영령은 스킬 '기척차단 EX'를 지닌 대신 통상 스테이터스가 역대 어새신에 비해 낮은 편입니다. 밸런스!

그나저나 감수를 받다 보니 '길가메시는 사도를 잘 모른다'는 사실이나 그 이유(『Fake』와는 직접적으로 관련이 없는 내용입니다만) 등, 재미있는 뒷이야기를 잔뜩 들을 수 있어 좋군요…!

다음 권에서는 아야카의 과거가 상세히 밝혀지거나 세이버의 진명이 밝혀지거나… 할지 어떨지는 아직 안 정해졌습니다만 여러 진영이 뒤엉켜 스노필드가 더더욱 성가신 상황에 빠져들게 되니 긴 안목을 가지고 즐겨 주셨으면 좋겠습니다!

대충 1년에 두 권 정도의 페이스가 될 거라 생각하니 잘 부탁드립니다!

마감 건으로 꽤나 민폐를 끼치고 만 담당 편집자이신 아난 씨. 동시 진행 중인 『듀라라라!!』쪽에서 스케줄 조정을 해 주신 듀라라라 담당 편집자, 와다 씨를 비롯한 편집부 여러분.

'Fate'의 스핀오프 작품을 통해 여러모로 신세를 지고 있는 우로부치 겐 씨, 히가시데 유이치로 씨, 사쿠라이 히카루 씨, 마신 에이치로 씨, 산다 마코토 씨를 비롯한 관계자 여러분.

일부 서번트 설정 고증을 해 주시고 계신 팀 배럴 롤 분들.

본 작품과 보조를 맞춰 만화판 『Fate/strange Fake』 2권을 그려 주고 계시며 바쁘신 와중에도 근사한 표지와 삽화를 그려 주신 모리이 시즈키 씨.

　그리고 무엇보다도 'Fate'라는 작품을 낳아 주시고 감수를 해 주고 계신 나스 키노코 씨 & TYPE-MOON 여러분과―본 작품을 구입해 주시고 여기까지 읽어 주신 독자 여러분.

　정말로 감사합니다!

2015년 4월 TYPE-MOON의 만우절에 참가하며.

나리타 료고

Fate / strange Fake 2

2016년 6월 7일 초판 발행
2024년 1월 10일 2쇄 발행

저자	나리타 료고
일러스트	모리이 시즈키
원작	TYPE-MOON
옮긴이	정대식

발행인	정동훈
편집인	여영아
편집 팀장	황정아 김은실
편집	노혜림

발행처	(주)학산문화사
등록	1995년 7월 1일
등록번호	제3-632호
주소	서울특별시 동작구 상도로 282 학산빌딩
편집부	02-828-8838
영업부	02-828-8986

ISBN 979-11-256-5604-3 04830
ISBN 979-11-256-5603-6 (세트)

값 9,000원